二見文庫

みだら終活日記

睦月影郎

目次

みだら終活日記

第一章　若返りの秘法

1

「どうだ。めぼしい若者は見つかったかな」

「はい、間もなく介護ベッドの調整でこちらへやって来ますので」

竜介（りゅうすけ）が言うと、秘書の由利香（ゆりか）がメモを取り出して答えた。

「平井並男（ひらいなみお）、親兄弟もない天涯孤独の二十五歳。当病院に出入りしている医療機器の営業マンですが、何しろ真面目だけど野心もなく、言われた仕事をこなして一生を終えるタイプでしょうね」

「平凡で並か、女関係は？」

「全くありません。内心は欲望もあるのでしょうが実に消極的で、同僚と飲むこともなく、趣味は読書と映画鑑賞ということです」

「そうか、分かった」

竜介はベッドに横になったまま、重々しく頷いた。

天城(あまぎ)竜介は八十五歳、四肢の衰えから今は病院の豪華な個室で寝たきりとなっていたが、頭だけははっきりしていた。

老妻はすでに亡く、彼こそ天涯孤独だが莫大な財産があり、余命いくばくもないと宣告されているから、早急に跡継ぎの養子を探していたのである。

仕事は占術師で著作も多く、都内に豪邸を構えていた。占いの内容も、東西の占星術に限らず、血液型から姓名判断、九星気学にも及び、占い師というより占術研究家として名を成していた。

髪は一本もなく体重百キロ、四肢どころか内臓の方もガタが来ていて、風呂や下の始末も付ききりの由利香にしてもらっている状態であった。

須賀(すが)由利香は三十九歳のシングルマザー。竜介の妻が死んだ十年前から、住み込みの家政婦として来てもらっているが、実に働き者で頭が良く、彼の原稿の推敲からパソコンの扱いまで全て任せられた。

由利香には十九歳になる女子大生、亜利沙という娘がいて、ともに天城邸で暮らしている。

その亜利沙も優秀な上、神秘の力を持ち、何かと竜介の著作の力にもなってくれていたのだ。

由利香の話では、短大生だった二十歳の頃に夜半、帰り道の草むらで、空より飛来した乗物から降りてきたエイリアンに犯されて孕んだという。

してみると、その娘である亜利沙の神秘の力は、エイリアンから受け継いだものなのだろう。

神秘学にも詳しい竜介は、宇宙人とのセックスの報告が世界中にあることを知っており、由利香の話は信用していた。それは、普通の少女とは違う亜利沙を一目見れば分かることである。

ならば由利香なり亜利沙なりを養女にすれば良いようなものだが、その前に竜介は試したいことがあるのだった。

と、そのときドアがノックされ、由利香が応じると一人の青年が入ってきた。

端正で中肉中背、清潔感溢れる好青年だが、どこかひ弱そうで頼りない印象がある。

これが並男だろう。

「失礼します。ベッドの点検に参りました平井と申します」

彼は折り目正しく一礼して言い、バッグから点検用具を出してベッドの動きを確認しはじめた。

「背もたれを動かすとき、特に振動はありませんか」

「ああ、ない」

竜介が答えると、彼は可動部分の点検を終えた。

「問題はないようですね。何かありましたらご連絡下さい」

「君は、山羊座のB型かね？」

いきなり竜介が言うと、並男は驚いた目をして彼を見たが、すぐ笑顔になって答えた。

「お分かりになるんですね。はい、先生と同じ山羊のBです。今まで何冊も買って読みました」

「そうか、わしを知っているなら話は早い」

「はい、何か」

著作を読んでいる並男も、有名人の部屋から去りがたい思いで言った。

「承知の通り、わしには子も跡継ぎもない。養子を決めたいがその前に頼みがあるんだ」

「私にですか？」

「ああ、わしと君の魂を入れ替えたい」

「そ、それは、先生の著作にもあった、替魂法……」

「おお、知ってるか。その秘術を使いたい。わしが君の肉体に入り、君の魂はこのベッドで寝たきりとなる。いや、心配要らない。余命三カ月、そのときより前に再び元通りになり、君はわしの養子となって財産を受け継ぐ」

「私が先生の養子に……？　何だか夢のような話ですね」

並男は、急な話で半信半疑だが色白の頰が紅潮しはじめた。

「ああ、わしの最後の願いは、健康な肉体で一、二カ月動き回りたいだけだ。どうだろう」

「私も忙しかったので、少しの間休んでみたいと思っていました」

「それなら承知してくれるか」

「え、ええ……」

並男は曖昧に頷いたが、元より魂を入れ替える替魂法などという非現実的なものは実現できないと思っているのだろう。

「いつなら来られる？」

「明日は休みですが」

「ならば明日の昼過ぎにでも来てくれないか」

竜介が言うと、由利香が百万円の束の入った封筒を並男に差し出した。

「これをどうぞ」

「そ、そんな、困ります……」

並男は躊躇した。

「いや、是非にも受け取ってほしい。明日から長くて三カ月間は寝たきりになるのだから、今夜のうちに旨いものでも食って、不義理があるなら清算してから明日来てくれ」

「はあ……、私の、明後日からの仕事の方は……」

「交換が上手くいけば、わしが君の肉体を使って退職届を出し、一人住まいの方も引き払っておく。そしてわしの肉体が死ねば、君は晴れて天城家の跡取りになるんだ」

「な、なぜ私が選ばれたのですか……」

並男が言うと、由利香が口を開いた。

「私が、養子に相応しい人を探していました。調査させてもらい、天涯孤独な人で、健康体。失礼ながら仕事に命を賭けておらず、すぐ辞められる人が良かったのです」

「た、確かに……、真面目にやっていても、何か生き甲斐までは感じられませんでしたので……」

並男が言った。

「ああ、それに今日、君を一目見て大丈夫だと確信したのだ」

「わ、分かりました」

竜介が言うと、彼は答え、ようやく金の封筒を受け取った。

「では、明日昼過ぎに参ります」

「ああ、そうしてくれ、養子縁組の遺言状も用意しておこう」

「はい、では失礼いたします」

並男は封筒を内ポケットに入れ、バッグを持って一礼すると、静かに病室を出ていった。

「承知してくれたな。あとは明日、亜利沙に来てもらう」

「はい、すぐにも連絡しておきますので」

由利香が答えると、竜介は彼女を手招きした。彼女も承知して屈み込み、開かれた竜介の口にトロトロと唾液を垂らしてくれた。

「ああ……」

竜介はうっとりと喘いで味わい、喉を潤しながら美熟女の甘い吐息を嗅いで胸を満たした。しかしペニスはピクリとも動かず萎えたままで、それに五感もだいぶ衰えているようだった。

さらに由利香がベッドに上がり、ためらいなく彼の顔に跨がると、裾をめくり下着を下ろしてしゃがみ込んだ。

仰向けの竜介の鼻先に、熟れた割れ目が迫った。

柔らかな恥毛に鼻を埋め込んで嗅ぐと、すっかり馴染んだ匂いが蒸れて鼻腔を刺激した。

そして舌を挿し入れて膣口からクリトリスまで舐め上げると、

「アア……」

由利香が熱く喘ぎ、ムッチリと張り詰めた内腿を震わせ、生ぬるい愛液を漏らしはじめた。

しかし今まで、由利香とセックスしたことはない。すでにペニスはいうことをきかず、挿入できるほど健康体ではなかったのだ。

だからこうして、美女の唾液や吐息、愛液を吸収して長らえるだけが生き甲斐となっていたのである。

（それも明日には、若い肉体で彼女を抱けるだろう……）

竜介は思い、嬉々として由利香の愛液をすすったのだった。

2

（本当に、そんなことが有り得るんだろうか……）

夕方、帰途についた並男は、思いながらレストランに入った。

そして生ビールを飲み、カツカレーを注文した。元より大酒飲みでも大食漢でもないので、これで充分に豪華な夕食だった。薄給のため、普段は外食など出来ず、アパートで野菜炒めなどを作る毎日である。

もちろん胸の内ポケットにある百万は、手つかずだった。明日、替魂法が失敗すれば、そのまま返すつもりだからだ。

カードローンもないし、家賃の滞納も友人からの借金もない。

確かに野心もなく、平々凡々で味気ない毎日だった。かと言って、冒険しようという気概もなく、このまま静かに一生が過ぎてゆくのだろうと思っていたところだ。

幼い頃に両親が事故死し、あとは祖父母に育てられながら大学まで出してもらった。

そして並男の就職とともに、安心したように祖父母とも相次いで他界し、借家だったため、彼はアパートで一人暮らしをするようになったのである。

大学の専攻は国文だったが、人前で喋るのが苦手だから教師は志望せず、作家にでもなれたら良いのだが、そんな才能もなかった。

医療機器メーカーに入れたのは幸運であり、だから今の仕事は真面目にこなして、冒険せず可もなく不可もない日々を送っていた。

今回は院長夫人で内科医の慶子(けいこ)に言われ、松宮(まつみや)クリニックの担当として出入りするようになって初めて、占術研究家の天城竜介の個室ベッドを点検することになり、有名人に会えるのが楽しみだった。

三十五歳の慶子は颯爽たるメガネ美人女医で、並男は妄想オナニーでお世話になっていた。

そう、スポーツもアウトドアにも縁がなかった並男は非力だが、性欲だけは人並み以上で、日に二度三度とオナニーしなければ落ち着かなかった。

風俗に行く気にはなれず、だからまだファーストキスさえ体験していない完全無垢な童貞であった。

（あの、先生の秘書だという須賀由利香さんも美人だったな……）

並男は食べながら、由利香にもらった名刺を出して見た。肩書きは、天竜舎の社長秘書となっていた。

天竜舎というのは、天城竜介が立ち上げた会社で、自著の通販などを受け持っているが社屋はなく、天城邸で行っていた。

やがて夕食を終え、並男は支払いを済ませて店を出ると真っ直ぐアパートへと帰った。

二階建てで上下四所帯入った古アパート、彼の部屋は一階の右端だ。

四畳半一間に狭いキッチン、バストイレに押し入れだけ。万年床が敷かれ、あとはテレビと机、ノートパソコン、小さな冷蔵庫に電子レンジがあり、外の通路に洗濯機、あとは所狭しと積まれた夥（おびただ）しい本だけだった。

着替えたが、明日もスーツで病院へ行くので、内ポケットの金はそのままだ。

（替魂法か……）

ジャージ上下を着た並男は思い、替魂法に関して調べてみた。

もし上手くいけば、仕事もこの部屋も入れ替わった竜介が解約してくれ、自分は三カ月ばかり快適な病室のベッドで寝ているだけ。

そして竜介の肉体が死ねば、大豪邸と財産が待っている。

しかしネットに、替魂法に関する記述は見当たらなかった。江戸時代には反魂(はんごん)香(こう)だの反魂丹(たん)などという、死んだ者を甦らせる香や薬があったという記述はあるものの、魂を入れ替える術などはなかった。

竜介の著作を調べてみても、そうした術があったようだという短い記述だけであった。

とにかく彼は、灯りを消して寝ることにした。

結局、何も入れ替わることもなく、百万円返して終わる気がしていた。

そして横になりながら、今日会った由利香の顔や巨乳を思い出し、狂おしいオナニーに耽ってしまった。

「く……！」

あっという間に絶頂を迎え、彼は快感の中でティッシュにドクドクと射精し、そのまま眠ることにした。

(仕事に命を賭けていない、か……)

目を閉じて思った。確かに、今の仕事をするために生まれてきたとは、はっきり言えなかった。

しかし、もし上手くいけば明日からの人生は大きく変わるだろう。

不安と興奮で眠れないかとも思ったが、やはり今日もずいぶん動き回っていたので疲れ、間もなく彼は深い睡りに落ちていったのだった……。


——翌朝、十時頃に起床した並男は、ブランチで野菜入り即席ラーメンを作って食べ、風呂に浸かってゆっくり歯磨きをした。

そして昼になるとスーツに身を包み、アパートを出た。

病院の面会時間は午後三時からだが、竜介は松宮クリニックにも多くの寄付をしているようだし、顔見知りである医療機器メーカーの職員としても彼を難なく入れてくれるだろう。

やがて最寄り駅から一駅乗り、降りると駅前にあるクリニックに入った。

するると、ほぼ同時に入ってきた美少女と行き合った。

(な、何て綺麗な……)

清楚な服装だが黒髪が長く、色は透けるように白い。切れ長の目がやや吊り上がり、目鼻立ちの整った凜とした美少女ではないか。十八、九歳の女子大生といった感じである。

何やら、この世のものではないような印象に一瞬見とれ、すぐ彼は気を取り直して受付の人に言った。

「あの、平井ですけれど、天城先生の」

「ああ、伺ってます。どうぞ」

聞いていたらしく、すぐに彼は奥へと進んだ。どうやら竜介も本気らしく、受付嬢にまで伝えてあったようだ。

「平井並男さんね？」

すると、エレベーターまで美少女が追って声を掛けてきた。

「え、ええ、そうですが……」

「私は須賀亜利沙です」

「あ、あの美人秘書のお嬢さん……？」

並男は驚き、ほんのり漂う生ぬるく甘ったるい匂いに戸惑いながら、一緒に五階まで上がった。

そして特別室に向かい、ノックして二人で中に入った。

「おお、来てくれたか。亜利沙も一緒なら良かった」

竜介が言い、もちろん由利香も待機していて、並男はあらためて美しい母娘に胸をときめかせた。

「これは遺言状だ。確認してくれ」

「はあ……」

竜介が言うと、由利香が書類を手渡した。

見ると、平井並男が天城竜介の養子となり、全ての財産を継ぐことが書かれ、今日の日付と署名、捺印もしてあった。

「じゃ着替えます」

亜利沙が言い、持ってきたバッグから衣装を取り出し、ためらいなく服を脱ぎはじめたのである。

(え……)

並男は、見る見る白い肌を露わにしてゆく美少女に戸惑いながら、思わず股間を熱くさせはじめてしまった。

「並男さんは、上着だけ脱いでここへ横に。ここへは誰も来ませんから」

由利香が言い、遺言状を返した並男も緊張しながら上着を脱いで、毎日彼女が使っているらしい付添用のベッドに横たわった。

目の隅で見ていると、亜利沙は下着まで脱ぎ去って全裸になり、持って来た白い衣装と朱色の袴を身に着けていた。

（み、巫女……）

並男は驚き、着替えとともに揺らめく甘い匂いに陶然となった。

なるほど、神秘の表情をした亜利沙には、最も似合う衣装だと思えた。

「用意が出来たらはじめてくれ。ああ、並男君、決して心配は要らない。わしの肉体が臨終を迎えた瞬間、互いの魂は元通りになるようセットしてもらう」

竜介が言うと、巫女姿になった亜利沙が、双方のベッドの間に立った。

由利香は落ち着いてソファに掛け、成り行きを見守っていた。

近代的な病院の豪華個室に、巫女がいるというのも奇妙な光景である。

「じゃお二人とも深呼吸を」

亜利沙が、打って変わった重々しい声で言う。

並男は薄目になり、落ち着こうと深呼吸した。

すると亜利沙が、まず竜介の顔に屈み込み、ピッタリと唇を重ね合わせたのである。

口から魂を吸い込もうというのだろうか。

並男は目の隅で、老人と美少女の口づけを捉え、とうとう勃起してしまった。

3

（うわ、これがファーストキスだ……）

顔を上げた亜利沙が、続いて並男の顔に屈み込んでくると、彼は激しく胸を高鳴らせ、激しく勃起したペニスをヒクつかせた。

そして心の準備も整わないうち、超美少女の美しい顔が迫り、長い髪がサラリと顔の左右を覆った。

薄暗くなった内部に彼女の吐息だろうか、ほんのり甘酸っぱい芳香が籠もり、ためらいなくピッタリと唇が重なってきた。

「ウ……」

並男はファーストキスの感激に小さく呻き、熱い吐息が注がれてきたので彼は胸いっぱいに吸い込んだ。竜介の吐息かも知れないが、何しろ美少女の口から洩れるのだから興奮しないわけがない。

　さらに亜利沙の舌が侵入してからみつき、生温かな唾液がトロトロと注がれてきたのである。

　並男は感激と興奮の中で喉を潤すと、何やら頭の中に竜介のものらしい意識が混濁して流れ込んできた。

　昭和十一年一月二日生まれ、私大を出て占術の教室に通い、最初は商社マンとして生活をしていた。巨体だけあり柔道五段だが、絞め技で落とされ、一瞬あの世を見てから神秘学に興味を持ったらしい。

　学生時代に知り合った二歳上の女性と結婚したが子は出来ず、元々土地持ちだったから、著作が売れると大豪邸を建て、そして十年前に妻の病死。

　並男は、竜介の情報を受け止めながら、今度は亜利沙の口に魂を吸い取られていった。

　超美少女のかぐわしい口の中にまるで全身が吸い込まれるようで、やがて並男は甘美な快感の中で意識を失ってしまった。

亜利沙が口を離すと、再び竜介に唇を重ねて、老いた体内に並男の魂を吹き込んでいったようだ。

並男が気を失っていたのは、ほんの数秒だったらしい。

目を開くと病室の天井が見え、全身が重くて力が入らなかった。

(まさか、これが先生の肉体……)

並男が身動きも出来ず、自分の意識を探っていると、

「おお、動ける。若い体だ……!」

隣から自分のものらしい声が聞こえ、若者がベッドから起き上がってこちらを覗き込んできた。

それは紛れもない並男の顔だったが、目が輝き表情も引き締まっている。

やはり大物である竜介が宿ると、頼りない自分の顔や肉体も躍動感に満ちているようだった。

「並男君、いや、今の君は竜介だ。どうやら替魂法は上手くいったようだ。では、しばし君の肉体を借りる。ノンビリ寝ていてくれ」

並男の姿形をした竜介が弾んだ声で言い、彼の上着を着て胸の内ポケットを探った。

「何だ、百万は使わなかったのか。まあいい、遺言状と一緒にわしが、いや、僕が持っている。アパートの解約や退職のことは任せてくれ。アパートにあるものは、必要と思えるもの以外処分しても構わないな？」

「う……」

歯切れ良く言われ、老いた肉体に宿った並男は、小さく呻いて頷くのが精一杯だった。

「じゃ、まず由利香が欲しい。彼の、いや僕のアパートへ行こう」

若い竜介が言うと、すぐに由利香も立ち上がり、一緒に病室を出ていってしまった。

すると残った亜利沙が、また巫女の衣装を脱ぎはじめた。

「こ、こんなにうまくいくなんて……」

並男は、ようやく口を動かして竜介のしわがれた声を洩らした。

「え？　そうね。私は上手くいくと思っていたわ。念じれば何でも出来るのよ。私は特別だから」

また白い肌を露わにしながら、亜利沙が振り返って言った。

「と、特別って……？」

「ええ、私はママと宇宙人のハーフ。十九年前に生まれたときから、手を使わずにものを動かしたり、未来を予知したり、何でも出来たわ」

「う、宇宙人の娘……」

言われた並男は、疑うこともなくすんなりと納得してしまった。

「そうよ、まだあまり喋ることに慣れていないようね。訊きたいことは分かるから、私が言うわね」

亜利沙はたちまち全裸になりながら言った。

「私はまだ処女。キスしたのは今が初めて。茉莉花女子大の二年生で十九歳。どうせ何でも出来るから好きになった人はいない。並男さんも心配だろうけど、必ず元に戻るわ。そして私と夫婦養子になって天城家へ入るのがお爺さまの立てた計画」

(こ、この美少女と夫婦に……)

並男は彼女の言葉に夢見心地になり、それなら今の不安も消してノンビリ寝ていようという気になってきたのだった。

「またキスしたいの？　いいわ」

彼が心の片隅で思うことも亜利沙はすぐ読み取り、言いながら顔を寄せてきてくれた。

ピッタリと唇が重なり、柔らかな感触と唾液の湿り気が伝わった。

口に出さなくても、望むだけで彼女の舌がヌルリと潜り込み、チロチロと舌をからめてきた。

「ンン……」

並男は感激と興奮に呻き、激しく胸がときめいたが勃起する様子はない。

やはり、一気に六十年も老けた肉体に入ると、そうそう思い通りにはならないようだ。

さらに彼が望むと、亜利沙は口移しにトロトロと生温かく小泡の多い唾液を注いでくれた。しかし嚥下しようにも若い肉体と違うので、噎せないよう気をつけないとならなかった。

それでも喉が潤されると、甘美な悦びが胸に満ちてきた。

やがて彼女が口を離し、

「跨いで欲しいの？　いいわ、ママもよくしてあげていたようだから」

いきなりベッドに上がってきた。しかも着替えの途中で全裸である。

亜利沙は仰向けの彼の顔に跨がり、ためらいなくしゃがみ込んできた。

エイリアンの血を継いで、全知全能に近い彼女は、欲も得もなく、相手の望む通りにしてくれるようだ。

和式トイレスタイルでしゃがむと、脚がM字になり、内腿がムッチリと量感を増して張り詰めた。

そしてぷっくりと丸みを帯びた割れ目が鼻先に迫り、熱気と湿り気が彼の顔中を包み込んだ。割れ目からは僅かに花びらがはみ出し、小粒のクリトリスも覗いていた。

「指で広げるの？　恥ずかしいわ」

亜利沙は言いながらも、彼の願望を読み取って指を当て、グイッと陰唇を左右に広げて見せてくれた。

中は綺麗なピンクの柔肉で微かに潤い、処女の膣口が花弁上に襞を入り組ませて息づいていた。ポツンとした尿道口も確認でき、包皮の下からは真珠色の光沢を放つクリトリスがツンと突き立っていた。

（ああ、美少女の割れ目……）

並男は興奮と感激に包まれ、真下から美しい眺めに目を凝らした。

「舐めたいの？　いいけど、今日は体育があったから汗臭いかも知れないわ」

言いながら、亜利沙はそっと割れ目を彼の鼻と口に密着させてくれた。

楚々とした淡い恥毛に鼻を埋めて嗅いだが、本人が言うほど汗の匂いは濃厚ではなく、蒸れた熱気が感じられただけだった。やはり五感が衰えているから、はっきりした匂いも感じ取れないのかも知れない。

彼は舌を伸ばし、柔肉とクリトリスをチロチロと舐め回した。

「アア……」

亜利沙が熱く喘ぎ、潤いが増してきたようだ。

「お尻も？　いいわ……」

彼女が言い、正に宇宙から来た天使は股間を前進させてくれた。

顔中に、大きな水蜜桃のような尻が密着し、心地よい弾力が感じられた。

谷間の可憐なピンクの蕾に鼻を埋めて嗅いだが、やはり蒸れた汗の匂いが僅かに感じられるだけだ。

舌を這わせて息づく襞を濡らし、ヌルッと浅く潜り込ませると、滑らかな粘膜に触れた。

「あう、変な気持ち……」

亜利沙が呻き、キュッと肛門で舌先を締め付けてきた。

しかし興奮は増すものの、一向に勃起した様子はなく、一体いつ終えて良いのか分からなくなってきた。無理に射精しようものなら、三カ月も保たずにいってしまうかもしれない。

そう思うと空しくなり、それを察した亜利沙も股間を引き離し、また元の清楚な服装に着替えてしまったのだった。

4

「ここが彼の住まいか。何とも狭いが、マメに掃除はしているようだな」

アパートに来た竜介は言い、由利香と一緒に入って室内を見回した。

とにかく自由に動ける若い肉体が嬉しくて仕方がないのだ。そしてまずは、願いつつ叶わなかった由利香を抱くことに専念した。

脱ぎはじめると、由利香もブラウスのボタンを外しはじめた。

「ああ、目も耳の感覚もはっきりしている。腹も出ておらず動きやすい。しかも雄々しく勃起している！」

竜介は声を弾ませて言い、ことさらに屈伸運動など無駄な動きをしながら全裸になっていった。

由利香も従順に一糸まとわぬ姿になってゆき、生ぬるく甘ったるい匂いを漂わせながら、並男の万年床に仰向けになって熟れ肌を投げ出した。

二十歳の頃ＵＦＯから降りてきた異形のエイリアンに処女を奪われたときは、あまりのことに半分意識を失い、ろくに感覚も覚えていないという。

その後、人間の男とは一度も交わっていないようだ。それは亜利沙の養育に、全てを注ぐようインプットされているのかも知れない。

それでももちろん自分でオナニーはして、時にはペニスを模したバイブなどを使用することもあるようだった。

「綺麗だ……」

竜介は由利香の巨乳に屈み込み、しみじみと見下ろしながら言った。

八十五歳の意識を持った竜介からすれば、由利香は四回り近い年下の美女なのだが、この二十五歳の肉体を通して見ると、何となく一回り以上も年上の感覚になってくるものだった。

四十歳を目前にした由利香の熟れ肌は甘い匂いを放って息づき、もう寝たきりではない竜介は、積極的に肌を密着させていった。

チュッと乳首に吸い付き、舌で転がしながら柔らかな巨乳に顔中を押し付けて感触を味わった。

竜介こそ、十年前に妻を亡くした頃から体力が衰え、若い頃は遊んだものだったが、実に女体を自由にするのは十数年ぶりのことであった。

「アア……」

由利香が熱く喘ぎ、うねうねと熟れ肌を悶えさせはじめた。

彼は左右の乳首を順々に含んで舐め回し、さらに由利香の腕を差し上げ、腋の下にも鼻を埋め込んでいった。

スベスベの腋は生ぬるく湿り、何とも甘ったるい汗の匂いが濃く沁み付いていた。竜介は甦った嗅覚で胸いっぱいに美女の体臭を満たし、白く滑らかな肌を舐め降りていった。

形良い臍を探り、ピンと張り詰めた下腹に顔中を押し付けて弾力を味わい、豊満な腰のラインから脚を舌でたどった。

足首まで下りると足裏に回り、踵から土踏まずを舐め、形良く揃った足指の間に鼻を割り込ませて嗅いだ。

もちろん寝たきりになってからは、由利香に頼んで唾液を飲ませてもらい、ワレメや尻を舐め、足指もしゃぶらせてもらっていたが、やはり彼女も受け身になるのは初めてなので実にヒクヒクと反応して初々しかった。

足指の股は、生ぬるい汗と脂に湿り、蒸れた匂いが悩ましく籠もり、嗅ぐたびに鼻腔が心地よく刺激された。

「ああ、いい匂い……」

彼は言いながら嬉々としてしゃぶり付き、全ての指の間を舐め回し、両足とも味と匂いを貪り尽くしてしまった。

そして由利香を大股開きにさせ、脚の内側を舐め上げ、ムッチリと張り詰めて量感ある内腿に頬ずりして舌を這わせ、熱気と湿り気の籠もる割れ目に迫っていった。

見慣れた割れ目だが、自由に出来ると思うと感激もひとしおである。

ふっくらした丘には黒々と艶のある恥毛がふんわりと茂り、はみ出した陰唇を指で左右に広げると中身が丸見えになった。

ピンクの柔肉がヌラヌラと潤いはじめ、かつて宇宙人とのハーフである亜利沙が産まれ出てきた膣口も艶めかしく襞を入り組ませて息づいていた。

ポツンとした小さな尿道口も見え、今日はオシッコも味わってみようと彼は思った。何しろ寝たきりで放尿してもらったら、噎せてそのまま昇天するかも知れなかったのだ。

包皮を押し上げるようにツンと突き立ったクリトリスも、真珠色の光沢を放って愛撫を待っていた。

たまらず顔を埋め込み、柔らかな恥毛に鼻を擦りつけて嗅ぐと、隅々に籠もって蒸れた汗とオシッコの匂いが馥郁と鼻腔を刺激してきた。

胸を満たしながら舌を這わせ、淡い酸味のヌメリを掻き回し、膣口からゆっくり味わいながら滑らかな柔肉をたどり、クリトリスまで舐め上げていくと、

「アアッ……、いい気持ち……」

由利香がビクッと顔を仰け反らせて喘ぎ、内腿でキュッときつく彼の両頬を挟み付けてきた。

チロチロとクリトリスを探るたび、生温かな愛液の量が増した。

味と匂いを堪能すると、さらに彼は由利香の両脚を浮かせ、豊かな逆ハート型の尻に迫った。

谷間には薄桃色の蕾がひっそり閉じられ、鼻を埋めると蒸れた微香が籠もり、彼は充分に嗅いでから舌を這わせた。収縮する細かな襞を濡らしてヌルッと潜り

込ませ、滑らかな粘膜を探ると、

「く……！」

由利香が呻き、キュッと肛門で舌先を締め付けてきた。

竜介は内部で舌を蠢かせ、やがて美女の前も後ろも充分に味わうと、股間から這い出して仰向けになった。

すると由利香も心得たように身を起こすと、大股開きになった彼の股間に腹這い、顔を寄せてきたのだ。

「すごいわ、こんなに勃って……」

彼女の熱い視線を注ぎ、恐らく初めてであろう勃起したペニスに感動の声を洩らした。

だがバイブと違い血の通った肉棒を目の当たりにし、由利香はそろそろと指を這わせ、舌を伸ばして裏筋を舐め上げてきた。

滑らかな舌が先端まで来ると、彼女は幹を指で支え、粘液の滲む尿道口をチロチロと舐め回し、張り詰めた亀頭にしゃぶり付いてスッポリと喉の奥まで呑み込んでいった。

「ああ、気持ちいい……」

竜介は、若々しい感覚を得て喘ぎ、温かく濡れた美女の口腔でヒクヒクと歓喜にペニスを震わせた。

もちろん寝たきりの時も、一度だけ由利香の口でしてもらったこともあるが、興奮と快感が得られるものの一向に勃起しないので辛くなり、以後は求めていなかったのだ。

「ンン……」

由利香は深々と含んで熱く鼻を鳴らし、鼻息で恥毛をそよがせながら幹を締め付けて吸った。口の中ではクチュクチュと舌がからみつき、たちまち彼自身は美女の唾液に温かくまみれた。

並男は童貞だったというから、その快感は絶大なもので、竜介は新鮮な感覚で急激に絶頂を迫らせていった。

「い、いきそう、入れたい……」

竜介が言うと、由香利もスポンと口を離して顔を上げた。

このまま口に出したい衝動にも駆られるが、やはり若返った初回は、美女と一つになりたいのである。

「上から跨いで入れて」

竜介が言うと、由利香もすぐに身を起こして前進し、彼の股間に跨がった。

本当なら上になって自由に動きたいところだが、今までの寝たきりの記憶があり、勃起したら跨いで入れてもらいたいと願っていたから、女上位への憧れも強いのだった。

由利香は先端に割れ目を迫らせ、幹に指を添えながら膣口へと押し当てていった。彼女も相当に興奮と緊張を高め、熱い呼吸を震わせていた。

やがて彼女が腰を沈み込ませていくと、張り詰めた亀頭が潜り込み、あとはヌルヌルッと滑らかに根元まで呑み込まれていった。

「あう……！　すごいわ……」

由利香が呻きながらピッタリと股間を密着させ、上体を起こしていられずに身を重ねてきた。

竜介も、肉襞の摩擦と温もり、締め付けと潤いに包まれながら激しく高まり、下から両手で彼女にしがみついた。

すると由利香が彼の胸に巨乳を押し付け、上から唇を重ねてきたのだ。

彼女も、心は竜介だが、見た目は若い並男の肉体に相当欲情しているようだ。

舌をからめ、彼は馴染んだ由利香の唾液をすすりながら、ズンズンと股間を突き上げた。

するとたちまち竜介は大きな絶頂の快感に全身を貫かれ、激しく昇り詰めてしまった。同時に、熱い大量のザーメンがドクンドクンと勢いよくほとばしり、柔肉の奥深くを直撃すると、

「い、いく……、アアーッ……！」

噴出を感じた由利香が口を離して喘ぎ、淫らに唾液の糸を引きながらガクガクと狂おしいオルガスムスの痙攣を開始したのだった。

やはりバイブは射精しないので、奥に感じるザーメンの熱さで快楽のスイッチが入ったのだろう。

竜介は収縮と摩擦の中、心置きなく最後の一滴まで出し尽くし、すっかり満足しながら突き上げを弱めていったのだった。

「ああ……」

彼女も満足げに声を洩らし、グッタリと熟れ肌の強ばり（こわ）を解いてもたれかかってきたが、膣内の収縮は続き、刺激された幹が内部でヒクヒクと過敏に跳ね上がった。

そして竜介は、由利香の吐き出す熱い吐息の、白粉（おしろい）に似た甘く悩ましい匂いを

嗅ぎながら、うっとりと快感の余韻に浸り込んでいった。

5

「じゃオシッコ出してね」

竜介はバスルームで、互いの股間を洗い流してから言った。

彼は床に座り込み、目の前に由利香を立たせ、片方の足を浮かせてバスタブのふちに乗せさせ、開いた股間に顔を埋めた。

「本当にいいんですか……」

由利香も股間を突き出しながら、ためらい気味に言った。

今まで病室で、竜介に股間の前も後ろも舐めさせてやり、生活の全ての面倒を見てもらい全面的に従順になってきた彼女ではあるが、やはり若者の顔に向けてするのは抵抗があるのだろう。

「うん、して」

竜介は、すでにムクムクと回復しながら答え、洗って匂いの薄れた恥毛に鼻を擦りつけ、割れ目に舌を挿し入れた。

するると彼女も新たな愛液を漏らしはじめて舌の動きを滑らかにさせ、息を詰めて懸命に尿意を高めはじめてくれた。

そして舐めているうち、柔肉の奥が迫り出すように盛り上がり、味わいと温もりが変化した。

「あう、出ます……」

由利香が息を詰めて言うなり、熱い流れがチョロチョロとほとばしってきた。

竜介は嬉々として舌に受け止め、味わいながら喉に流し込んでいった。

味も匂いも淡く控えめだったが、若い肉体の嗅覚と味覚には実に新鮮な感覚であった。

「アア……」

由利香はガクガクと脚を震わせて喘ぎ、ゆるゆると放尿を続けた。

勢いが増すと口から溢れた分が温かく肌を伝い流れ、すっかり勃起しているペニスが心地よく浸された。

間もなく勢いが衰え、完全に流れが治まっても、彼は余りの雫(しずく)をすすり、残り香の中で執拗に舌を這わせ続けた。

「ど、どうか、もう……」

由利香が言って足を下ろし、力尽きたようにクタクタと椅子に座り込んでしまった。

竜介は、もう一度互いの全身をシャワーで流し、身体を拭いて全裸のまま二人で部屋の布団へと戻った。

「まあ、したばかりなのに、こんなに硬く……」

由利香が、回復しているペニスを見て言った。

「うん、何度でも出来そうだ。あと一回射精したら、外へ何か食いに行きたい」

「でも、また入れたら歩けなくなりそうです……」

竜介が言うと、彼女がモジモジと答えた。

「じゃお口でして」

彼が言って大股開きになると、由利香もすぐ移動して腹這いになり、顔を寄せてきてくれた。

「ここも舐めて」

竜介が自ら両脚を浮かせて言い、抱えて尻を突き出すと、彼女も厭わず舌を這わせてきた。チロチロと肛門が舐められ、自分がされたようにヌルッと潜り込ませると、

「あう、気持ちいい……」

竜介は妖しい快感に呻き、味わうようにモグモグと肛門で美女の舌先を締め付けた。

由利香の熱い鼻息が陰嚢（いんのう）をくすぐり、彼女は内部で舌を蠢かせてくれた。

やがて快感を味わうと、彼は脚を下ろした。すると由利香も舌を離し、そのまま鼻先にある陰嚢を舐め回し、舌で睾丸を転がした。

ここも実に心地よく、彼はせがむように勃起した幹をヒクヒク上下させた。

すると充分に袋を温かな唾液にまみれさせた由利香が、肉棒の裏側をゆっくり舐め上げ、張り詰めた亀頭にしゃぶり付いた。

舌を這わせてスッポリと喉の奥まで呑み込み、幹を締め付けて吸い、口の中ではクチュクチュと舌がからみついた。

「ああ、いきそう……」

若い肉体が反応し、急激に高まりながら竜介は喘いだ。

そして小刻みにズンズンと股間を突き上げると、

「ンン……」

喉の奥を突かれた由利香が小さく呻き、たっぷりと唾液を出しながら自らも顔を上下させ、スポスポと強烈な摩擦を繰り返してくれた。

「い、いく……、アアッ……！」

たちまち絶頂の快感に包まれた竜介は喘ぎ、ありったけのザーメンをドクンドクンと勢いよくほとばしらせた。

「ク……」

喉の奥を直撃された由利香が熱く鼻を鳴らし、摩擦と吸引を続行しながら全て受け止めてくれた。

「ああ、気持ちいい……」

竜介は心ゆくまで快感を味わって喘ぎ、最後の一滴まで出し尽くしていった。立て続けの二度目とも思えない快感と量で、やはり若いとは素晴らしいものだと彼は思った。

そして満足しながら身を投げ出していくと、彼女も動きを止め、亀頭を含んだまま口に溜まったザーメンをゴクリと飲み干してくれた。

「あう……」

喉が鳴ると同時にキュッと口腔が締まり、彼は駄目押しの快感に呻いた。

ようやく彼女もスポンと口を引き離し、なおも幹をしごいて余りを絞り出し、尿道口に脹らむ白濁の雫まで丁寧に舐め取ってくれたのだった。

「く……、も、もういい、ありがとう……」

竜介は言い、クネクネと腰をよじりながら過敏に幹を震わせた。

由利香も舌を引っ込めて移動し、添い寝して彼の呼吸が整うまで胸に抱いてくれた。

「ああ、気持ち良かった……」

竜介は甘えるように巨乳に顔を埋めながら、荒い呼吸を繰り返した。

余韻の中で由利香の吐息を嗅ぐと、特にザーメンの生臭さは残っておらず、さっきと同じかぐわしい白粉臭がして鼻腔を刺激してくれた。

やがて呼吸を整えると、二人は起き上がって身繕いをした。

「さあ、まだ早いけど夕食にしようか。その前に、大家に会って今月での解約を伝えて、医療センターにも退職のことを言ってくる」

竜介は言い、まずはアパートの裏にある大家の家を訪ねた。

出てきたのは、奥から赤ん坊の泣き声が聞こえる二十代半ばの若妻だ。名は、中野比呂美といった。

「実は急なのですが、月末に引っ越したいんです」

「まあ、そうですか。長く住んで頂いたので名残惜しいわね」

比呂美は答え、すんなりと承諾してくれた。実は近々とり壊そうかと考えていたようで、四所帯の住人の半分は出ていったらしい。

「要るものは整理して運びます。あとは代金を払いますので処分をお願いします」

「分かりました。あら？　何だか生き生きした顔つきだわ」

竜介が言うと、比呂美が、おや？　という表情になって言った。

「ええ、仕事が軌道に乗ってるので、社の近くの寮に住むことになって」

「そう、それは良かったわ」

竜介が適当に言うと、比呂美も笑顔で頷いてくれた。日頃から並男は、よほど冴えない顔つきをしていたのだろう。

そして竜介は大家の玄関を辞し、由利香と一緒に今度は並男の勤める医療センターへ出向いた。

ここでは、急に遠縁の仕事を手伝うため地方へ行くと適当な理由を言ったが、やはり退職はすんなり認められた。やはり、居ても居なくても良いといった印象だったのかも知れない。

アパートと職場での用事を済ませると、すっきりした気分で竜介と由利香はレストランで夕食にした。

まず生ビールを飲み、ワインを頼んで洋食を片っ端から平らげた。

「もう少し控えめに。急な暴飲暴食は良くないですよ」

由利香が心配そうに言う。

「ああ、大丈夫だ。もう太らないよう気をつけるし、元々彼はあまり飲める方ではなさそうだからな。それにしても旨い」

竜介は答え、長く味気なかった病院食とは段違いの料理に夢中だった。

第二章　大家さんの茂み

1

「由利香さんは、お出かけかしら？」

並男が寝ている病室に、当クリニックの院長夫人で、竜介の主治医である慶子が入ってきて言った。

三十五歳で、小学生の子がいるメガネ女医。

並男は彼女に会ったときから、こんな美人女医に性の手ほどきを受けたいと思ったものだった。

アップにした髪と知的なメガネ、颯爽として似合う白衣の胸は巨乳で、並男が松宮クリニックの担当になったときは挨拶しただけだったが、こうして仰向けになって見上げる顔は実に艶めかしかった。

亜利沙も、あれからすぐ出て行ってしまったので、並男は二時間ばかりずっと一人で過ごしていたのだ。

「うん、家の用事で……」

並男が当たり障りなく答えると、慶子は彼の浴衣の胸を開いて聴診器を当て、脈を測ったりした。

「由利香さんがいないので、トイレは大丈夫?」

慶子に訊かれ、彼は頷いた。

「何だか元気ないわね。今日は触ってこないし」

彼女が心配そうに言う。どうやら竜介は、秘書の由利香ばかりでなく、この主治医の胸や尻にもタッチしていたようだ。

「さ、触ってもいい?」

並男が思いきって言うと、

「ダメよ。いつも触って私にピシャって叩かれるのが好きだったのに、今日は様子が変ね」

慶子は答え、それでも診察を続けるように、彼の裾も開いてT字帯を解いてしまった。

白髪交じりの恥毛の中に、埋もれるように萎えたペニスがあった。

慶子は持って来たおしぼりで股間を拭いてくれ、縮んだペニスを右に左に移動させて陰嚢の脇まで拭い、さらに横向きにさせて尻の谷間も丁寧に拭き清めてくれた。

本来は看護師の仕事だが、何しろ竜介による寄付も多いようで院長夫人自ら面倒を見てくれているらしい。

「さあ、綺麗になったわ」

慶子は言って新たなT字帯を着けてくれ、裾を直した。

そして去ろうとするので、急に名残惜しくなった並男はそっと彼女の白衣の尻に触れてみた。

「メッ！」

慶子は優しく睨んで言い、振り向くなり彼の手の甲をピシャリと叩いた。

なるほど、並男は甘美で心地よい痛みとともに、女医に叱られる悦びが分かったような気がした。こうして竜介は、日々のささやかな楽しみを得ていたようだった。

「そろそろ夕食よ。終わる頃までには由利香さんも戻ってきてくれるでしょう」

慶子は言い、そのまま病室を出ていってしまった。

そして間もなく夕食が運ばれ、並男は質素な病院食を済ませると、やがて由利香が帰ってきた。

「どう？　気分は」

「ええ、何とか普通に喋れるけど、起きられないのは辛いですね」

顔を覗き込まれ、彼女が話しかける甘い吐息を感じながら並男は答えた。

「そう、どうか辛抱してね。大家さんには、月末で引っ越すことを言って、医療センターの方にも退職を伝えておいたわ」

「そうですか。分かりました……」

「じゃトイレを済ませておきましょうね」

由利香が言い、彼の裾を開いてT字帯をずらし、ペニスの先端を尿瓶に差し入れた。大の用足しは、ベッドの中央が開くようになり、背もたれを起こして行うらしい。

並男は美熟女に見られながら、やっとの思いでチョロチョロと放尿した。

終えると彼女が尿瓶を外し、尿道口をティッシュで拭ってくれた。

「先生は、僕の体で貴女を抱いたのですか……」

「ええ、セックスをしてから、二度目は私のお口に」

「ああ……、僕の顔や身体、嫌じゃなかったですか……」

並男は、由利香の答えに激しく胸をときめかせて言った。

「ええ、若い体は素晴らしかったわ。私もいってしまったし。でも変な感じね、こうして先生と話しているのに、心の中は別人だなんて」

由利香が、見慣れているはずの彼の顔をまじまじと見つめて言った。

「ね、由利香さんのアソコ舐めてみたい……」

「いいけど、年中してきたことだから。でも何だか恥ずかしいわね」

思いきって言うと、由利香は答えながらスカートをめくり、下着を脱いでからベッドに上がってきた。

ためらいなく顔に跨がり、和式トイレスタイルで裾をめくると、ゆっくりしゃがみ込んでくれた。

M字になった脚がムッチリと張り詰め、熟れた割れ目が鼻先に迫った。

柔らかな恥毛に鼻を埋めて嗅いだが、ほのかな湯上がりの匂いしか感じられなかった。

きっと並男のアパートでセックスをして、シャワーを浴びたのだろう。

それでなくても嗅覚が衰えているから、微妙な匂いまで嗅ぎ分けることは出来なかった。

陰唇の内側に舌を差し入れ、かつて亜利沙が産まれ出てきた膣口の襞をクチュクチュと探り、クリトリスまで舐め上げていくと、

「アア……」

百合香が熱く喘ぎ、心なしか潤いが増し、舌の動きがヌラヌラと滑らかになっていった。

(これが、美熟女の味……)

並男は感激と興奮に包まれながら思ったが、胸は激しくときめいているのに、一向にペニスの反応はない。

逆に射精しないから終わりがなく、いつまでも延々と欲望が続いてしまうようだ。だから、こうした暮らしを長く続けてきた竜介に、彼は心から同情したものだった。

やがて彼は舌を引っ込めた。

「先生、ありがとうございました」

「そんな、お礼なんて言わないで」

由利香は笑みを浮かべて答え、ベッドを降りると下着を着けて身繕いをした。

あとは、もう九時の消灯まで、お喋りをするかテレビを観るかしかなかった。

「先生は今夜、僕のアパートへ？」

「ううん、久々にお宅へ戻ったわ」

訊くと、由利香が答えた。

それはそうだろう。四畳半の安アパートで寝るより、懐かしい自宅の方が良いに決まっている。

「テレビを点ける？　何か欲しいものがあるなら言って」

「ええ、テレビは結構です。何か読み物があれば」

言うと彼女が、テーブルにあった週刊誌と老眼鏡を持って来てくれた。

メガネを掛けてページをめくるが、めぼしい記事などは載っていない。それより、我が身に起きている状況ほど大きなことはないのである。

「目が疲れたら寝るといいわ。私はずっとここにいるから」

「もういいの？」

由利香が言い、自分用のベッドに腰を下ろした。

「ええ、じゃ今夜は寝ることにしますね」

並男も答えて老眼鏡を外し、週刊誌を閉じた。すると由利香がベッドの背もたれを倒してくれ、また彼はほんのり甘い吐息を感じたのだった。

2

「亜利沙、夕食は済ませたのかな？」

久々に帰宅した竜介は、すでに帰っていた亜利沙に言った。

「ええ、お友達と済ませました。ママは、また病院へ戻ったのね」

亜利沙が答え、彼は懐かしい我が家を見回し、若い体で寝巻に着替えるとリビングのソファに座った。

すると以前からの習慣で、亜利沙がコーヒーを淹れてくれ、竜介は不在中の郵便物などをチェックした。

「仕草は前と変わらないのに、若いから何か変だわ。お爺さまと呼ぶわけにいかないし」

「ああ、並男さんでいいよ。嫌でなければ、いずれ結婚して夫婦養子になってもらいたいのだからな」

竜介は顔を上げ、可憐な亜利沙を見ながら若い声で言った。

「ええ、嫌じゃないわ。並男さん」

亜利沙も笑みを浮かべて答えた。元より全知全能に近い美少女は、好みとか細かなことに拘らず、母娘で世話になっている竜介の意向に沿うよう決めているのである。

何でも出来るから逆に欲はなく、たとえ嫌なことがあっても、彼女の能力でいかようにも修正できるのだ。

「それにしても、替魂法があんなに上手くいくとは思わなかった」

「ええ、私に出来ないことはないわ」

亜利沙が何事もないように言い、竜介は替魂法で美少女の口づけを受けたことを思い出して股間を熱くさせた。

昼間由利香の上と下に一回ずつ射精しているが、若い肉体には無尽蔵に欲望が湧いてきた。それに由利香には色々してもらってきたが、亜利沙の唇に触れたのは今日が初めてだったのである。

「じゃ、嫌でないのなら」

竜介は言い、コーヒーを飲み干して立ち上がった。郵便物も、特にめぼしいものはない。

寝室に行くと、亜利沙も従った。

彼の寝室にはダブルベッドが据えられ、いつでも戻れるよう整えられていた。

母娘の部屋は二階に与えてある。

「じゃ脱ごうか」

「私は今日、まだお風呂に入っていないけれど」

「ああ、それでいい」

竜介は答え、たちまち全裸になった。この神秘の処女が自由になると思うと、若いペニスははち切れそうに勃起していた。

亜利沙も手早くブラウスとスカートを脱いでゆき、生ぬるく甘ったるい匂いを揺らめかせて白い肌を露わにしていった。

彼は先にベッドに仰向けになり、勃起したペニスを震わせて美少女の脱いでいく様子を眺めた。

亜利沙もためらいなく最後の一枚を脱ぎ去り、ベッドに上がってきた。

「ここを跨いで座って」

下腹を指して言うと、亜利沙も素直に跨がり、しゃがみ込んで割れ目を密着させてくれた。生温かく湿った割れ目の感触が心地よく、乳房も母親に似て豊かになる兆しに息づいている。

「脚を伸ばして顔に乗せて」

「重いわ。大丈夫かしら」

「若い体だから遠慮なくね」

言うと亜利沙も遠慮なく体重を掛け、そろそろと両脚を伸ばして足裏を彼の顔に乗せてくれた。

言えば何でもしてくれるというのは、傍から見れば羞恥心より好奇心を優先する天然系かも知れないが、エイリアンとのハーフという正体を知っているので、以後は思うだけで願いを叶えてくれるだろう。

竜介は立てた両膝に彼女を寄りかからせ、人間椅子になった気分で美少女の全体重を受け止めて陶然となった。これればかりは、寝たきりの老人では望んでもしてくれないことだったろう。

顔中に美少女の足裏を受け止めた竜介は、うっとりと感触を味わいながら舌を這わせ、勃起して上下に震えるペニスで彼女の腰を軽くノックした。

縮こまった指先に鼻を割り込ませて嗅ぐと、そこは生ぬるく汗と脂に湿り、蒸れた匂いが濃く沁み付いて鼻腔を刺激してきた。

（ああ、いい匂い……）

思いながら胸を満たし、昼間嗅いだ由利香より濃厚な成分を吸収した。そして爪先にしゃぶり付き、両足とも全ての指の股に舌を挿し入れて味わった。

しゃぶり尽くすと、念じただけで亜利沙は彼の顔の左右に両足を置いて腰を浮かせると前進し、顔にしゃがみ込んできてくれた。

白い内腿がムッチリと張り詰め、ぷっくりした無垢な割れ目が鼻先に迫って熱気を揺らめかせた。

割れ目からはみ出す小振りの陰唇に指を当てて左右に広げると、処女の膣口が丸見えになり、小さな尿道口があり、包皮の下から覗く小粒のクリトリスも綺麗な光沢を放っていた。

もちろん形状は、普通の女性と全く変わりない。

神聖で清らかな割れ目を充分に見上げてから腰を抱き寄せ、竜介は柔らかな若草の丘に鼻を埋め込んで嗅いだ。

汗とオシッコの匂いが蒸れて濃厚に籠もり、悩ましく鼻腔を掻き回してきた。

うっとりと酔いしれながら舌を挿し入れ、無垢な膣口の襞をクチュクチュ掻き回すと、淡い酸味の蜜が溢れてきた。

柔肉をたどり、ゆっくりクリトリスまで舐め上げていくと、

「アア……！」

亜利沙がビクッと反応して喘ぎ、思わずギュッと彼の顔に割れ目を押し付けてきた。

彼はチロチロとクリトリスを舐め回しては生ぬるい蜜をすすり、さらに尻の真下にも潜り込んでいった。顔中に双丘を抱き寄せ、谷間の可憐な蕾に鼻を埋め込んで蒸れた熱気を嗅いだ。

舌を這わせて息づく襞を濡らし、ヌルッと潜り込ませると、

「あう……」

亜利沙が呻き、キュッと肛門で舌先を締め付けてきた。

竜介は内部で舌を蠢かせ滑らかな粘膜を探ると、割れ目から溢れた愛液が鼻先にツツーッと糸を引いて滴ってきた。

そして前も後ろも存分に味わって舌を引き離すと、彼女も心得て股間を引き離

し、彼の股間に移動していった。大股開きにさせた真ん中に腹這うと、長い髪がサラリと流れて内腿をくすぐった。

すると亜利沙が彼の両脚を浮かせ、肛門を舐め回してくれたのだ。

「あう、いいよ、そんなことしなくて……」

「だって、してほしいと思っているでしょう」

竜介が言うと彼女は答え、自分がされたようにヌルッと舌先を潜り込ませてきた。そう、亜利沙にだけは遠慮も嘘も通用しないのである。もちろん願っても、本人が嫌ならしてくれないだけの話だ。

「く……」

彼は妖しい快感に呻き、美少女の清らかな舌先を肛門でモグモグと味わった。

ようやく彼女が舌を引っ込めて脚を下ろすと、すぐ陰嚢にしゃぶり付いて睾丸を転がし、生温かな唾液で袋を心地よくまみれさせてくれた。

そして身を乗り出すと、勃起した肉棒の裏側を舐め上げ、粘液の滲む尿道口をチロチロと舐め回し、やがて丸く開いた口でスッポリと喉の奥まで呑み込んでいった。

昼間と夜と、母娘に同じことをされるのは実に大きな悦びであった。

「ああ……」

若いペニスが美少女の生温かく濡れた口腔に包まれ、竜介は感激と快感に熱く喘いだ。

亜利沙も熱い息を股間に籠もらせ、幹を締め付けて吸い、クチュクチュと舌をからめてペニスを唾液にまみれさせてくれた。

さらに顔を上下させ、濡れた口でスポスポと心地よい摩擦を繰り返し、やがて充分に高まったのを察するとチュパッと口を離し、身を起こして前進した。

いよいよ美少女の処女をいただく時がきたのだ。

亜利沙もためらわず跨がり、唾液に濡れた先端に割れ目を押し付けて位置を定めると、息を詰めてゆっくり腰を沈み込ませてきた。

張り詰めた亀頭が膣口に潜り込むと、処女膜が丸く押し広がる感触が伝わり、あとはヌメリと重みでヌルヌルッと滑らかに根元まで呑み込んでいった。

「アアッ……」

亜利沙が顔を仰け反らせ、キュッと締め付けながら喘いだ。

もちろん今まで人の心を読み取り、破瓜の痛みも快楽も全て知り尽くしているから、ただの処女ではない。

やがてピッタリと股間を密着させると、彼女は上体を反らせながら、感触を味わうようにモグモグと締め付けた。

竜介も、肉襞の摩擦と大量の潤い、熱いほどの温もりと締め付けを味わいながら急激に絶頂を迫らせた。

両手を伸ばして亜利沙を抱き寄せ、潜り込むようにしてピンクの乳首に吸い付き、舌で転がしながら顔中で張りのある膨らみを味わった。

左右の乳首を充分に味わうと、さらに腋の下にも鼻を埋め込み、生ぬるく甘ったるい汗の匂いを貪った。

しかし亜利沙は、さすがに股間に全神経が行っているようで、乳首や腋への反応はなかった。

じっとしていても膣内の収縮が続いて、次第に竜介も限界が近づき、彼は下から亜利沙の顔を引き寄せ、唇を重ねていった。

ぷっくりしたグミ感覚の弾力が伝わり、彼は舌を挿し入れて滑らかな歯並びを舐め、徐々にズンズンと股間を突き上げはじめた。

すると彼女も歯を開いてネットリと舌をからめてくれ、合わせて腰を上下させてくれた。

溢れる蜜に動きはヌラヌラと滑らかになり、彼は生温かな唾液をすすりながら次第に突き上げを強めていった。

「アアッ……！」

亜利沙が喘いで口を離し、彼は心地よい摩擦と美少女の甘酸っぱい吐息を感じながら激しく昇り詰めてしまったのだった。

3

「き、気持ちいい、いく……！」

竜介は口走り、大きな絶頂の快感に貫かれながら、熱い大量のザーメンをドクンドクンと勢いよく美少女の柔肉の奥へほとばしらせた。

「アア……！」

噴出を感じると、まるで彼の快感を読み取ったように亜利沙も声を上げ、収縮を高めてガクガクと痙攣した。恐らく、彼女なりのオルガスムスを得ているようだった。

思い切り中出ししているが、間もなく籍を入れるのだから大丈夫だろう。

孕（はら）めば、宇宙人とのクオーターが生まれるのだろうか。もちろん亜利沙が望まなければ、受精することはないに違いない。

竜介は激しい快感に打ち震えながら、心置きなく最後の一滴まで出し尽くしてしまった。

そして、すっかり満足しながら突き上げを弱めていくと、亜利沙もいつしか肌の強ばりを解き、力を抜いてグッタリともたれかかっていた。

収縮は続き、射精直後のペニスが刺激されて内部でヒクヒクと過敏に震えた。

竜介は完全に動きを止め、美少女の温もりと重みを受け止めると、甘酸っぱい果実臭の吐息を間近に嗅いで鼻腔を満たしながら、うっとりと快感の余韻を味わったのだった。

「痛くなかった？」

「ええ、とってもいい気持ち……」

気遣うと、亜利沙が息を弾ませて答えた。どうやら、この神秘少女は初回から膣感覚の大きな快感が得られたようだ。

「それなら良かった。相性も良いようだし、じゃこの並男と一緒になってくれるんだね」

竜介は安心して言った。

「ええ、大丈夫です。それより、このまま入れ替わらず若い人生を全うしようとは思っていないのね。さすがだわ」

亜利沙が感心して言う。

「それは一瞬思ったこともあったが、並男はわしを信頼して魂を入れ替えてくれたのだ。だからこうして、夢のような日々が送れるのだし、人にはやはり寿命がある。礼として財産を譲るのだから、いずれ魂も元通りにするよ」

「そう、明日は？」

「並男のアパートの整理をする。あとは替魂法の執筆だ。寿命が尽きれば、続きは並男が書いて完成させることだろう」

竜介が答えると、やがて亜利沙も股間を引き離してきた。

ティッシュの処理も省き、彼は起き上がって一緒にベッドを降りると、亜利沙とバスルームへと移動した。

シャワーの湯を浴びると、もちろん竜介は床に座り、由利香にもさせたように目の前に彼女を立たせ、片方の足を浮かせてバスタブのふちに乗せさせた。

言わなくても亜利沙は心得、懸命に息を詰めて下腹に力を入れ、尿意を高めはじめてくれた。

匂いの薄れた恥毛に鼻を埋めて割れ目を舐めていると、新たな愛液がトロトロと湧き出してきた。亜利沙の体液をすすると、何やら自分にまで神秘の力が宿ってくるような気がする。

「アア、出るわ……」

亜利沙が息を詰めて言うなり、柔肉が蠢いてポタポタと雫が滴り、間もなくチョロチョロとか細い流れがほとばしってきた。

舌に受けて味わうと、やはり淡く清らかな味わいで抵抗なく飲み込めた。

「ああ、変な感じ……」

亜利沙が声を震わせて言い、勢いをつけて放尿してくれた。

それでもあまり溜まっていなかったか、間もなく流れが治まると、彼は残り香に包まれながら余りの雫をすすった。

舐め尽くすと、ようやく離れて再び湯を浴び、二人は身体を拭いてバスルームを出た。

もう今日は若い肉体で三度射精したので、竜介も寝ることにした。やがて亜利沙も二階の部屋に戻り、彼は寝室で横になったのだった。

4

「段ボール箱、要るかしら？」

翌日、竜介がアパートで並男の私物を整理していると、大家の比呂美が声を掛けてきた。

「ありがとうございます。一個あれば充分ですが、いただけますか」

「分かったわ。それから業者に訊くと、この部屋の広さならいくら廃棄物があっても料金は一律ですって」

彼が言うと比呂美が答え、いったん母屋へ戻って段ボール箱を一個持ってきてくれ、彼女も上がり込んできた。

「丸三年はいたかしらね」

並男と同い年ぐらい、トランジスターグラマーで笑窪（えくぼ）のある比呂美が、室内を見回して言う。

確か、大学を出て就職した年に並男の祖父母が他界して借家を引き払い、こちらへ来たのだからそれぐらいになるだろう。

「ええ、お世話になりました」

竜介は答えながら、必要なものだけ段ボールに入れた。それはノートパソコンに並男の日記帳、というより予定のノートと、あとは通帳に保険証に印鑑など。段ボール箱どころかバッグ一つでも足りる程度である。

あとは、布団もテーブルもサンダルも、中古の冷蔵庫も洗濯機もテレビも、着替えや鍋釜や食器類なども全て不要になろう。

本は多いが、特に貴重なものはなく、どうしても要るならネットか古書店で手に入るものばかりである。

家賃の清算も済み、敷金は不要物の処理費用のため置いておくことにした。

「古本屋は来てくれますかね」

「ええ、訊いてみるわね」

「いくらにもならないでしょうが、売れた分はこちらで取っておいて下さい。じゃ鍵はお返ししますので、あとは全て処分ということでお願いします」

「分かったわ。もう今夜にも寮の方へ？」

「ええ、そのつもりです」

「じゃ、もう戻ってこないのね。名残惜しいわ」

比呂美が言い、熱い視線を彼に向けてきた。もちろん竜介も、さっきから感じている甘ったるい匂いに股間を熱くさせていた。

「じゃこの布団で最後に、僕とエッチしてくれませんか」

思いきって言うと、比呂美は目を丸くした。

「まあ、そんなこと言う人だったかしら。真面目で大人しそうなのに」

「すみません。彼女もいないし、これから寮生活では女性と会う機会もないだろうから。それに前から綺麗な奥さんだと思っていたので」

竜介が言うと、比呂美はいきなり立ち上がってドアを内側からロックし、換気のため開けていた窓とカーテンを閉めた。

「いいわ、いま赤ん坊が寝ついたところだから少しの間なら」

比呂美が気が急くように言うので、竜介も手早く服を脱いでいった。

彼女も、甘ったるい匂いを揺らめかせて脱ぎはじめた。

おそらく出産以来ろくに夫婦生活もなくなって、相当に欲求が溜まっているのだろう。

先に全裸になり、恐らく使用するのも最後になるだろう万年床に横たわると、比呂美も最後の一枚を脱ぎ去り、一糸まとわぬ姿で彼を見下ろしてきた。

「まあ、すごい勃ってるわ。嬉しい……」

彼女が目を輝かせて言うなり屈み込み、顔を寄せて先端にしゃぶり付いてきたのだ。

熱い息で恥毛をくすぐり、張り詰めた亀頭を舐め回すと、スッポリと喉の奥まで呑み込んで吸い付き、念入りに舌をからめてきた。

「ああ、気持ちいい……」

竜介は快感に喘ぎ、グラマーな美人妻の口の中でヒクヒクと幹を震わせた。

「ンン……」

比呂美は先端が喉の奥に触れるほど深々と含み、熱く呻きながらたっぷりと生温かな唾液に濡らしてくれた。

竜介が股間を突き上げると彼女も顔を上下させ、濡れた口でスポスポと摩擦してくれたが、やはり本来の目的は挿入なので、充分に唾液に濡れるとスポンと口を引き離した。

そして添い寝し、愛撫をせがむように身を寄せてきた。することはしたのだから、あとはあなたがして、といった感じである。

彼も甘えるように腕枕してもらい、豊かな乳房に手を這わせながら腋の下に鼻を埋め込むと、何とそこには色っぽい腋毛が煙り、濃厚に甘ったるい汗の匂いが沁み付いていた。

柔らかな感触を味わいながら鼻を擦りつけ、濃い匂いを貪りながら乳首をいじってみると、何と濃く色づいた乳首にはポツンと白濁の雫が滲み出ているではないか。

最初から感じていた甘い匂いは、母乳のものだったのだ。

竜介は夢中になって乳首に吸い付き、雫を舐め取って母乳を貪った。

「アア……」

比呂美が仰向けで顔を仰け反らせながら喘ぎ、彼の顔を両手で抱きすくめてきた。彼は顔中が膨らみに埋まり込み、心地よい窒息感の中、生ぬるく薄甘い母乳を吸い出しては喉を潤した。

左右の乳首を交互に含んで吸い、母乳を飲み込むたびに甘美な悦びと甘ったるい匂いが胸いっぱいに広がった。

やがて吸い尽くすと、彼は滑らかな肌を舐め降りてゆき、股間を避けて腰から脚をたどっていった。すると脛にもまばらな体毛があり、野趣溢れる魅力が感じられた。

もちろん夫婦生活もなく育児に専念しているからケアしていないのだろうが、竜介の年齢からすれば、かつてはこれが自然だったから何の幻滅もなく、むしろ新鮮な興奮が湧いたものだった。

そして足裏を舐め、指の股に鼻を押し付けて嗅ぐと、さすがに主婦だけあって朝から動き回っているようで、そこは生ぬるくムレムレの匂いが濃厚に沁み付いていた。

彼は匂いを貪ってから爪先をしゃぶり、全ての指の間に舌を割り込ませ、汗と脂の湿り気を味わった。

「あう、そんなところ舐めるの……」

比呂美が驚いたようにビクリと反応して言い、じっとしていられないようにクネクネと下半身を悶えさせた。

どうやら夫は、新婚や恋人時代すら足など舐めていなかったのだろう。

竜介は両足ともしゃぶり尽くすと、彼女を大股開きにさせ、ムチムチと肉づきの良い脚の内側を舐め上げ、ムッチリした内腿をたどって股間に顔を迫らせていった。

熱気の籠もる割れ目を見て陰唇を広げると、膣口は母乳に似た白っぽく濁ったヌメリを滲ませ、妖しく息づいていた。クリトリスは大きめで、親指の先ほどもあって光沢を放っている。

たまらず顔を埋め込み、茂みに鼻を擦りつけて嗅ぐと、蒸れた汗とオシッコの匂いが濃く沁み付いて、悩ましく鼻腔を刺激してきた。

舌を挿し入れると淡い酸味の愛液が動きを滑らかにさせ、彼が膣口からクリトリスまで舐め上げていくと、

「アアッ……、いい気持ち……！」

顔を仰け反らせて喘ぎ、何も聞こえなくなるほど内腿で彼の両耳を挟み付けてきた。

竜介は執拗にクリトリスを舐め、乳首のように吸い付いては泉のように溢れる愛液をすすった。

さらに両脚を浮かせて尻の谷間に迫ると、出産の名残か、ピンクの蕾はレモンの先のように盛り上がり、何とも艶めかしい形をしていた。

鼻を埋め込んで蒸れた匂いを貪り、舌を這わせてヌルッと潜り込ませると、滑らかな粘膜は微妙に甘苦い味覚がした。

「あう、ダメ、そんなところ……」

また比呂美が驚いて呻き、キュッときつく肛門で舌先を締め付けてきた。

やはり夫は、ここも舐めていないようだ。

彼が舌を出し入れさせるように動かすと、鼻先にある割れ目から新たに白っぽい愛液がトロトロと溢れてきた。

「お、お願い、入れて……！」

彼女が自分から脚を下ろし、声を上ずらせてせがんだ。

ようやく竜介も舌を引き離して身を起こし、股間を進めた。

そして幹に指を添えて先端を濡れた割れ目に擦り付け、充分にヌメリを与えてから正常位でゆっくり膣口に挿入していった。

ヌルヌルッと滑らかに根元まで嵌め込むと、

「アア……、いいわ……！」

比呂美が身を反らせて喘ぎ、久々のペニスを味わうようにキュッキュッと締め付けてきた。

彼も股間を密着させ、温もりと感触を味わいながら身を重ねていった。

胸で乳房を押しつぶし、上から唇を重ねて舌を挿し入れると、

「ンンッ……」

比呂美も熱く鼻を鳴らして吸い付き、ネットリとからみつけてきた。

竜介は彼女の熱い吐息に鼻腔を湿らせ、滑らかに蠢く舌を味わって生温かな唾液をすすりながら、徐々に腰を突き動かしはじめた。

大洪水の愛液で、すぐにも動きがヌラヌラと滑らかになり、

「ああ……、いい気持ち……！」

比呂美が口を離し、収縮を活発にさせながら喘いだ。

熱い吐息は花粉のように甘い刺激を含み、それに淡いオニオン臭も混じって悩ましく鼻腔を掻き回してきた。いかにもケアしていない主婦の、自然のままの匂いと言うことで彼の興奮は高まった。

次第に股間をぶつけるように激しい律動をすると、動きに合わせてピチャクチャと淫らに湿った摩擦音も聞こえてきた。

このまま絶頂に向けて勢いをつけようと思ったら、いきなり彼女が股間の突き上げを止めたのである。

「お願い、お尻に入れてみたいの」

「え……？　大丈夫かな。したことあるの……？」

彼も腰の動きを止めて訊くと、

「ないけど、一度してみたい憧れなのよ」

比呂美が目をキラキラさせ、彼を見上げて言う。

すると竜介も興味を覚えて身を起こした。してみたいということは、まだこの主婦の肛門は処女なのだろう。最後に残った無垢な部分をくれるというのだから体験しない手はない。

「じゃ、無理だったらよすから言って下さいね」

彼は言ってヌルッとペニスを引き抜いた。

「あう……」

その刺激に比呂美も呻いたが、自ら両脚を浮かせて抱え、白く豊かな尻を突き出してきた。

竜介も股間を進めてみると、割れ目から滴る愛液がピンクの肛門をヌメヌメと潤わせていた。彼が愛液に濡れた先端を蕾に押し当てると、比呂美も身構えるように肌を震わせ、懸命に口呼吸をしながら括約筋を緩めた。

「じゃ入れますよ」

言い、呼吸を計りながらグイッと押し込むと、実にタイミングも角度も良かったのか、張り詰めた亀頭がレモンの先のような襞を丸く押し広げ、ズブリと潜り込んでしまった。

「あう……、いいわ、来て、奥まで……」

比呂美が浮かせた脚を震わせて言い、彼もズブズブと根元まで押し込んでいった。入り口はさすがにきついが、中は思ったほどでもなく広く、内壁もベタつきはなくむしろ滑らかだった。

「大丈夫？」

「ええ、突いて中に出して……」

訊くと、比呂美が脂汗を滲ませて言い、自ら乳首をつまんで動かし、空いている割れ目にも指を這わせ、愛液をつけた指の腹でリズミカルにクリトリスをいじった。

平凡な主婦に見えるが、このようにオナニーするのかと竜介は興奮し、徐々に腰を突き動かしはじめた。

次第に彼女も緩急の付け方に慣れてきたのか、徐々に律動が滑らかになり、膣内の収縮と連動するように肛門内部も妖しく蠢いた。

「アア、いきそうよ、すごいわ……」

比呂美が喘ぎ、新たな母乳の滲む乳首をつまみ、クチュクチュと音を立てて割れ目を擦った。むしろ、自分でしている刺激でオルガスムスが迫っているのかも知れない。

竜介もリズミカルな摩擦に高まり、そのまま昇り詰めてしまった。

「く……」

呻きながら全身で快感を味わい、熱いザーメンをドクドクと注入すると、

「あう、熱いわ、出てるのね、いく……、アアーッ……！」

噴出を感じた比呂美が声を上げ、ガクガクと狂おしいオルガスムスの痙攣を繰り返した。

彼も、膣内とは異なる摩擦快感の中、内部に満ちるザーメンで動きを滑らかにしながら、心置きなく最後の一滴までほとばしらせてしまったのだった。

満足しながら動きを弱めていくと、

「アア……」

彼女も喘ぎ、乳首と割れ目から指を離してグッタリと身を投げ出した。

彼が力を抜くと、息づく肛門の蠢きと潤いで、自然にペニスが押し出され、ツルッと抜け落ちた。

まるで美女の排泄物にされたような興奮が湧き、見ると丸く開いて一瞬粘膜を

覗かせた肛門も、見る見るつぼまって元の形に戻っていった。

「さあ、早く洗った方がいいわ……」

すると比呂美が、余韻を味わう間もなく身を起こして言い、一緒にバスルームへと移動していったのだった。

5

「オシッコ出しなさい。中も洗った方がいいので」

互いの全身をシャワーで流してから、比呂美がペニスをボディソープで洗い、お姉さんのように、同い年くらいの竜介に言った。

彼も回復しそうになるのを抑えながら息を詰め、懸命に尿意を高め、ようやくチョロチョロと放尿を済ませた。

すると彼女がシャワーの湯を浴びせ、屈み込んで消毒するようにチロリと尿道口を舐めてくれた。その刺激に竜介も堪らず、たちまちムクムクと回復してしまった。

「まあ、したばかりなのにこんなにすぐ勃つの……？」

比呂美が驚き、目を輝かせて言った。

「ね、比呂美さんもオシッコ出してみて」

彼は床に座って言い、比呂美を目の前に立たせた。

「出るかしら……、出すところ見たいのね……」

比呂美も、まだ興奮覚めやらぬように息を詰めて言い、自ら割れ目を指で広げると彼の顔にグイッと股間を突き出してくれた。

舌を這わせると新たな愛液が溢れ、奥の柔肉が蠢いた。

「出るわ、離れて……、アア……」

彼女が言うなりチョロチョロと熱い流れがほとばしり、ほのかな湯気を立てて彼の舌を濡らしてきた。

竜介は味わい、由利香や亜利沙よりやや濃い味と匂いを堪能しながら喉を潤した。溢れた分が肌も温かく濡らしたが、流れはすぐに治まり、彼は残り香の中で余りの雫を舐め回した。

「あう、もうおしまいよ……」

比呂美が言って股間を離し、もう一度二人でシャワーの湯を浴びた。

そして身体を拭いて、全裸のまま布団に戻ったので、まだまだ彼女もその気になっているようだった。

やはり正規の場所で、本格的な絶頂が得たいのかも知れない。

彼が仰向けになると、また比呂美は屈み込んでペニスにしゃぶり付き、充分に唾液にまみれさせてくれた。

そして身を起こして前進し、

「上から、いいかしら……」

言いながら跨がり、先端に割れ目を押し当ててきた。

位置を定めてしゃがみ込んでいくと、彼自身はヌルヌルッと滑らかに根元まで呑み込まれていった。

「あう、いいわ……」

比呂美が顔を仰け反らせて呻き、キュッと締め付けながら身を重ねてきた。

彼も両膝を立てて豊満な尻を支え、温もりと感触を味わいながら、下から両手でしがみついた。

「ね、顔に母乳かけて……」

下から彼が言うと、比呂美も胸を突き出し、また自ら乳首をつまんだ。

するとポタポタと白濁の雫が滴り、彼は舌に受けて味わった。さらに無数の乳腺から、霧状になった母乳が顔中に生ぬるく降りかかり、彼は甘ったるい匂いに包まれた。

「ああ、気持ちいい……」

竜介はうっとりと酔いしれながらたまに顔を上げて濡れた乳首を舐め、ズンズンと小刻みに股間を突き上げていった。

「あう、またすぐいきそうよ……」

比呂美も合わせて腰を遣いながら声を洩らし、次第に互いの動きがリズミカルになり、股間をぶつけ合うほど激しくなっていった。

「唾を垂らして……」

「何でも飲みたがるのね」

言うと比呂美が答え、口に唾液を溜めてから形良い唇を突き出し、白っぽく小泡の多い唾液をトロトロと吐き出してくれた。

それを舌に受けて味わい、うっとりと喉を潤すと、甘美な悦びが全身に広がっていった。

さらに彼女の口に鼻を押し込み、熱く湿り気ある、濃厚な吐息の匂いで鼻腔を刺激されながら絶頂を迫らせていった。

すると、先に比呂美がガクガクと狂おしい痙攣を開始し、膣内の収縮を高めていったのだった。

「い、いくわ、気持ちいい……、アアーッ……！」

激しく声を上ずらせ、オルガスムスに達したようだ。やはりアナルセックスより、膣で感じる方がずっと良いらしい。

その収縮の渦に巻き込まれ、続いて竜介も絶頂に達してしまった。

「く……！」

呻きながら快感を味わい、ありったけの熱いザーメンをドクンドクンと勢いよく内部にほとばしらせると、

「あう、もっと……！」

噴出を感じ、駄目押しの快感を得ながら比呂美が呻き、ザーメンを飲み込むようにキュッキュッと締め上げてきた。

「ああ、気持ちいい……」

竜介もうっとりと喘いで快感を噛み締め、心置きなく最後の一滴まで出し尽くしていった。

満足しながら突き上げを弱めていくと、

「アア……、こんなに良かったの初めてよ……」

比呂美も肌の強ばりを解いて言い、グッタリともたれかかってきた。

まだ膣内は名残惜しげな収縮が繰り返され、刺激されるたび内部で過敏になっているペニスがヒクヒクと跳ね上がった。

「あう……」

比呂美も敏感に反応し、喘ぎながらキュッときつく締め上げてきた。

竜介は彼女の重みを受け止め、熱く濃厚な吐息を胸いっぱいに嗅ぎながら、うっとりと快感の余韻を味わったのだった。

「お願い、またして。彼女が出来るまででいいから……」

比呂美が言い、もちろん彼に否やはないので、あとでＬＩＮＥの交換をすることにした。

ようやく呼吸を整えると、比呂美が股間を引き離して身を起こし、枕元にあったティッシュで割れ目を拭いながら、彼の股間に屈み込んできた。

淫らに湯気を立て、愛液とザーメンにまみれて満足げに萎えかけている亀頭にしゃぶり付き、チロチロと舌をからめてくれた。

「ああ……、また勃ってきそう……」

竜介は、腰をくねらせて喘いだ。もう無反応期は過ぎたし、何しろ若い肉体なのだから僅かな刺激にも感じてしまう。

「いいわ、出しても。飲んであげるから。私もミルクをいっぱい飲んでもらったのだから」

比呂美は口を離して言い、本格的に先端を舐め回し、スッポリと喉の奥まで呑み込んでくれた。そして顔を上下させ、スポスポとリズミカルに摩擦を開始すると、彼も合わせて股間を突き上げ、たちまち美女の口の中で元の硬さと大きさを取り戻してしまった。

「ンン……」

比呂美も熱く鼻を鳴らしながら、口の中で回復していく様子を嬉しげに受け止めていた。しかし、まだ忙しい家事や育児があるので、もう挿入で果てるのは控えたいようである。

竜介も、このままフィニッシュに向かって気を高め、快感の中で絶頂を迫らせていった。

すると比呂美は濃厚で強烈な摩擦と吸引を繰り返しながら、指先でコチョコチョと陰嚢をくすぐってくれた。さすがに人妻は丁寧で細やかな愛撫を知っているものだ。

「い、いく……、アアッ……！」

たちまち竜介は、立て続けの快感に貫かれて喘ぎ、まだ余っていたかと思えるほどのザーメンをドクンドクンと勢いよくほとばしらせてしまった。

「ク……」

喉の奥に噴出を受けると、彼女も嬉しげに息を詰め、チューッと吸い出してくれた。

「あう、気持ちいい……」

竜介は、魂まで吸い出されるような快感に腰を浮かせて呻き、最後の一滴まで比呂美の口の中に出し尽くしたのだった。

やがて満足しながら突き上げを止め、グッタリと身を投げ出すと、比呂美も動きを止め、亀頭をくわえたまま口に溜まったザーメンをゴクリと飲み干してくれた。このザーメンが、体内で母乳に変わるのかと思うと、何とも背徳の興奮が湧いた。

比呂美もスポンと口を離し、なおも余りをしごくように幹を握って動かしながら、尿道口から滲む雫まで丁寧に舐め取ってくれた。

「く……、も、もういいです、ありがとう……」

竜介はクネクネと腰をよじらせ、過敏に幹を震わせながら降参すると、ようやく彼女も舌を引っ込めて顔を上げ、ヌラリと淫らに舌なめずりした。

「驚いたわ。こんなに何度も出来るなんて」

比呂美は身を起こし、ぼうっとした顔で言ったが、やがてベッドを降りて手早く身繕いをはじめた。やはり赤ん坊が気になるのだろう。

「LINEの交換を」

「あ、そうだわね」

彼が言うと、比呂美はリビングに戻りテーブルに置いた二人のスマホを持って戻り、急いで登録を終えた。

「じゃゆっくり休むといいわ。私は帰るわね」

彼女が言って帰ってゆき、呼吸を整えた竜介は、こんなことになるのなら隠し撮りでもしておけばよかったと、心から悔やんだのだった。

第三章　白衣とメガネ

1

「全て、養子縁組の手続きも終わった。もう平井並男ではなく、天城並男だぞ」

病室に来た竜介が、寝たきりの並男に言った。

「そうですか……」

並男は、自分自身に言われて、ただそう答える他はなかった。全ては信頼して任せていることなのである。

それに遺言状はあるが、それは替魂法を納得してもらうよう若い並男のために書いたものであり、やはり多くの財産があるケースでの養子縁組は、本人が存命中の方がトラブルが少ない。

だから天竜舎の顧問弁護士を通じ、竜介の意思であることを言って手続きを済ませたのだった。

「そして元通り入れ替わったら、君は亜利沙と一緒になって、母娘の三人で家に住んでくれ」

竜介は言ったが、並男にはまだまだ夢見心地で、とても現実のこととは思えなかった。今日も病室には由利香が付き添ってくれている。

と、そこへ主治医で院長夫人の慶子が入ってきた。

「まあ、また何か機材の点検かしら？」

慶子が、颯爽たる白衣と知的なメガネの目を竜介に向けて言った。

「いえ、医療センターは辞めたんです」

竜介が、並男の肉体で答えた。

「そうなの？　それで今日は何か？」

「ええ、正式に天城先生の養子になったものですから」

「まあ……、本当なのですか……？」

竜介が言うと慶子は驚きに目を丸くし、横になっている並男の顔を覗き込んで訊いた。

並男は、美人女医の甘い花粉臭の吐息を感じながら、はっきりと頷いた。

「ええ、今日手続きを終えました。以後の天竜舎のことは全て、並男さんが責任者となりますので」

由利香も補足するように言って書類を見せると、慶子はしばらく驚きが隠せないようだった。

「じゃ、私は色々と、並男さんとお話ししておきますね」

やがて慶子は言って竜介を促し、老人と由利香を残して病室を出た。

「私は、今日はこれで仕事を上がるので、外へ出ましょう」

慶子は言い、クリニックを出て白衣のまま、徒歩数分の場所にある自宅マンションへと彼を招き入れた。

小学生の子供は、まだ学校だし、そのまま帰りに塾へ行くようだから帰宅は暗くなってからのようだ。もちろん夫である院長も帰りは遅い。

リビングに入ると、竜介と慶子は向かい合わせに座った。

「驚いたわ。まだ知り合ったばかりでしょう」

「いえ、実は由利香さんのお嬢さんの亜利沙さんとは前からの知り合いで付き合ってるんです」

「まあ……！」

竜介の言葉に、また慶子は目を丸くした。

「それで先生からも、夫婦養子という話があったのだけど、亜利沙さんはまだ卒業まで間があるので、僕だけ一足先に天城家の人間になりました」

竜介は、自分のことだから淀みなく答えた。

「そうだったの……、ではあらためて、今後ともクリニックのことをよろしくお願いします」

慶子は言葉遣いもあらため、竜介に頭を下げて言った。

「こちらこそ。それより、天城先生、いや義父の具合は正直なところどうなのですか？」

「ええ、余命三カ月ほどと診断していたのだけれど、ここのところ血色も良くて実に安定しているから、しばらくは大丈夫そうだわ」

慶子が言う。やはり若い魂が入っているし、食事も残さず食べているようだから、肉体の方も活性化しているのだろう。

「そうですか。それなら安心しました。まだまだ義父とは話しておかなければならないことが山ほどあるので」

「ええ、こちらも全力で看護しますので。でも、あの天使みたいに綺麗な亜利沙ちゃんがあなたと……」

慶子が話を変え、興味津々で身を乗り出してきた。

あの神秘の美少女と、この平凡すぎて頼りなさげな並男の釣り合いが理解できないようだった。

「どんなお付き合いを？」

「それが、僕には初めての恋人なので、どうにも要領を得なくて、キスするのがやっとなんです。あまりの美しさに圧倒されて」

「分かる気がするわ……」

そうだろう、というふうに慶子も頷き、レンズの奥の眼差しを好奇にキラキラと輝かせた。

「では、まだ？」

「はい、何も知らないので、どうして良いものか……」

「風俗の経験もないの？」

「ありません……」

「まあ、じゃよほど上手くしないと嫌われるわよ」

せっかく手にした逆玉なのだから、と言いたげで、慶子も欲求を湧き上がらせたようだ。

「女性の体がどうなって、どう扱えば良いのかも分からず……」

竜介は無垢なふりをして言った。何しろ外見が平凡すぎるから、慶子も真実だと思ったらしい。

「私が教えても良いのだけど……」

少し考えてから、慶子が言った。

何しろ、多大な寄付をしてくれる天城家の跡継ぎなのだから、単なる童貞の未熟者とはわけが違うのである。

「本当ですか。慶子先生が教えてくれるのなら、これほど嬉しいことはありません。亜利沙さんも無垢だから、最初は慶子先生みたいに綺麗な年上の女性に手ほどきを受けたいと思っていたので」

竜介が勃起しながら勢い込んで言うと、慶子もその気になってくれたようだ。

もっとも自宅に誘ったときから、どことなくそんな予感がしていたのかも知れない。

何しろ竜介も、全知全能に近い亜利沙の体液を吸収しているから、相手を思い通りにさせるぐらいの力がつきはじめているのではないだろうか。

「分かったわ。正しい知識は必要だから。こっちへ来て」

慶子が立ち上がり、夫婦の寝室へと招いてくれた。

中にはセミダブルとシングルベッドが並び、慶子はシングルの方らしい。やはり夫も忙しいし四十を超えて子供も成長し、めっきり夫婦生活の方は疎くなっているから、夫婦の寝室で行う罪悪感も希薄なようだった。

「じゃ急いでシャワー浴びてくるわ」

「あ、僕は出がけに浴びてきたし、慶子先生は今のままでいいです」

「だって、ゆうべ入ったきりなのに……」

言うと慶子は急にモジモジと羞じらいながら答えた。もちろん医者として、手洗いは年中しているが、肌はかなり汗ばんでいるのだろう。

「自然なままの、ナマの匂いも知っておきたいので」

「そう……、本当にそれで構わないのなら……」

慶子が言い、竜介が勃起しながら脱ぎはじめると、彼女も白衣を脱いで中のブラウスのボタンも外していった。

さらに寝室のカーテンを二重に引いたが、それでも午後の陽射しが隙間から入り、観察には支障ないようだった。

先に手早く全裸になると、竜介は彼女のシングルベッドに横になり、枕に沁み付いた悩ましい匂いに勃起を増していった。

慶子は黒の下着である。

「あの、お願いがあります」

「なに」

「白衣とメガネは、そのままでいて下さい」

彼が言うと、慶子もいったん一糸まとわぬ姿になり、白く滑らかな肌を露わにしてから、全裸の上に白衣を羽織った。

そして前を開いたままベッドに上がってきて、仰向けになった。

「いいわ、どうなっているのか見たいでしょう」

彼女が、緊張と羞恥に息を詰めて言い、両膝を立てて股を開いてくれた。

竜介も激しく胸をときめかせながら身を起こし、彼女の股間に腹這いになって顔を寄せていった。

「アア……、恥ずかしい……」

いつもは診る側なので、見られるのは慣れていないように彼女が声を震わせながらも、彼の視線を受けて大股開きになった。

白くムッチリした内腿が全開になり、着痩せするタイプなのか意外に肉づきが良かった。

股間に目を凝らすと、丘の恥毛が程よい範囲に茂り、割れ目からはみ出した花びらが僅かに露を宿して潤いはじめていたのだった。

2

「ここが膣口。ここに入れるのよ」

慶子が、自ら両の指で陰唇をグイッと左右に広げ、中身を見せてくれながら言った。やはり童貞相手に正しく教えるということで、羞恥を堪えながら必死に説明してくれた。

中の柔肉は綺麗なピンクで、全体がヌメヌメと潤い、膣口が恥じらうように襞を震わせて息づいていた。包皮を押し上げるクリトリスも程よい大きさでツンと突き立ち、股間全体には熱気と湿り気が籠もっていた。

いつも診察してもらってきたが、慶子の肉体を見るのは初めてなので竜介は興奮を高め、若い肉体に戻れたことを心から喜んだ。

「舐めてもいい？」

「ダメよ」

「え……」

「そこは最後。亜利沙ちゃんだって処女なら、いきなりそんなとこ舐めるとショックを受けるから、そう、最初はオッパイからがいいわ」

慶子が言って脚を伸ばしたので、竜介も素直に股間から離れ、のしかかるように乳房に顔を埋め込んでいった。

乳首に吸い付き、舌で転がしながら豊かで柔らかな膨らみに顔中を押し付けて感触を味わうと、

「アア……」

慶子も熱く喘ぎ、彼の顔を両手で抱きすくめて髪を撫でながら、生ぬるく甘ったるい匂いを漂わせてクネクネと悶えた。

竜介からすれば慶子は自分より五十歳も年下だが、並男の肉体より十歳上なので、彼は年上の女医に甘えるように左右の乳房に顔を埋め、両の乳首を含んで執

拗に舐め回した。

乳首を味わい尽くすと竜介は、乱れた白衣の中に潜り込み、腋の下に鼻を埋め込んで嗅いだ。スベスベの腋は、やはり生ぬるく湿って甘ったるい汗の匂いが濃厚に沁み付いていた。

「いい匂い……」

竜介はうっとりと酔いしれながら言い、美人女医の体臭で胸を満たした。

「ああ、恥ずかしいわ。シャワーを浴びずにするなんて初めてなのよ……」

慶子は身をくねらせながら喘ぎ、さらに濃い匂いを漂わせた。

やがて充分に嗅いでから彼は白く滑らかな肌を舐め降り、臍を探ってから弾力ある腹部に顔中を押し付け、腰から脚を舐め降りていった。

脛も滑らかで、足首まで行き、足裏を舐めると、

「あう……、そんなところまで舐めるの……？」

慶子がビクリと反応して呻き、彼は形良く揃った指の間に鼻を押し付けて嗅いだ。そこは汗と脂に湿り、ムレムレの匂いに鼻腔を刺激され、彼は夢中になって貪った。

爪先をしゃぶって順々に指の股に舌を割り込ませていくと、

「ああ……、ダメよ、汚いのに……」

慶子が指先を震わせて言ったが、拒みはしなかった。

竜介は両足とも、味と匂いが薄れるほどしゃぶり尽くすと、ようやく股を開かせ、脚の内側を舐め上げていった。

今度は慶子も、自分の匂いが気になりながらも舐めるのを許すように股を開いてくれた。

白くムッチリと張りのある内腿を舐め、熱気に籠もる股間に迫った。

はみ出した陰唇は、さっきより潤いが増し、彼は吸い寄せられるように顔を埋め込んでいった。

「く……」

慶子が呻き、身構えるように肌を強ばらせた。

竜介は柔らかな恥毛に鼻を擦りつけ、蒸れた汗とオシッコの匂いを貪り、悩ましく胸を満たした。

「すごくいい匂い」

「あう、言わないで……」

執拗に嗅ぎながら言うと、慶子が呻き、内腿でキュッときつく彼の両頬を挟み付けてきた。

舌を挿し入れて膣口の襞をクチュクチュ掻き回すと、淡い酸味のヌメリで滑らかに動く。ゆっくりクリトリスまで舐め上げていくと、

「アアッ……！」

慶子がビクッと顔を仰け反らせて熱く喘ぎ、白い下腹をヒクヒク波打たせて内腿に力を入れた。

舌先でチロチロと上下左右に探ると、愛液の量が格段に増してきた。

彼は味と匂いを堪能すると、さらに慶子の両脚を浮かせて白く丸い尻の谷間に迫った。

薄桃色の可憐な蕾がひっそり閉じられ、鼻を埋め込むと顔中に双丘が密着して弾み、蒸れた微香が感じられた。舌先でくすぐり、息づく襞が濡れるとヌルッと潜り込ませて滑らかな粘膜を探った。

「あう、ダメよ、そんなところ……」

慶子が驚いたように呻き、キュッと肛門で舌先を締め付けてきた。

竜介が内部で舌を蠢かせると、鼻先の割れ目から新たな愛液がトロトロと湧き出してきた。

やがて舌を引き離すと、彼は左手の人差し指を舐めて濡らし、可憐な蕾に浅く潜り込ませ、右手の二本の指を膣口に押し込んだ。さらにクリトリスを舐め、それぞれの指を蠢かせると、

「ああ、すごい……!」

慶子が熱く喘ぎ、前後の穴できつく指を締め付けてきた。

彼も内部で小刻みに内壁を擦り、特に膣内は側面と天井も指の腹でいじり、執拗にクリトリスを吸った。

「ダメ、いっちゃう……!」

慶子が息を詰めて言うなり、ヒクヒクと痙攣を起こした。どうやら小さなオルガスムスの波を感じたようである。

「ま、待って、もうダメ……」

本格的に昇り詰める寸前で、慶子が腰をよじり必死に言った。

ようやく竜介も舌を引っ込め、前後の穴からヌルッと指を引き抜いた。

「あう……!」

その刺激に慶子が呻いた。

膣内に入っていた指は淫らに湯気を立て、二本の指の間には愛液が膜を張るよ

うだった。指先も攪拌(かくはん)されて白っぽく濁った粘液にまみれ、指の腹は湯上がりのようにふやけてシワになっていた。

肛門に入っていた指に汚れの付着はなく、爪にも曇りはないが、嗅ぐと秘めやかで生々しい匂いが感じられた。

「初めてなのに、ずいぶん悪戯したわね。じゃ下になって。今度は私の番……」

荒い呼吸を弾ませながらノロノロと慶子が身を起こすと、入れ替わりに彼が仰向けになって股を開いた。

彼女も真ん中に腹這い、顔を迫らせてきた。

そして陰囊に舌を這わせて熱い息を籠もらせ、屹立している肉棒をゆっくり舐め上げた。

「ああ、気持ちいい……」

「入れるまで出さないでね」

彼が快感に喘ぐと、慶子が言って幹に指を添え、粘液の滲む尿道口にチロチロと舌を這わせてきた。

股間を見ると、乱れた白衣でメガネの美人女医が、念入りに亀頭を舐め回していた。彼女もチラと目を上げてから、丸く開いた口にスッポリと根元まで呑み込んでいった。

「アア……」

竜介は喘ぎ、快感の中心部を温かく濡れて心地よい美女の口腔に包まれ、幹をヒクヒクと震わせた。

「ンン……」

慶子も喉の奥まで含んで吸い付き、熱い鼻息で恥毛をくすぐりながら、口の中でクチュクチュと舌をからめてくれた。

たちまち肉棒全体は女医の唾液にどっぷりと浸り、ズンズンと小刻みに股間を突き上げると、ジワジワと絶頂が迫ってきた。

しかし彼女もあわせて顔を上下させ、スポスポと何度か摩擦してくれたが、すぐにスポンと口を離して顔を上げた。やはり暴発を恐れ、それより一つになりたかったのだろう。

「入れたいわ」

「ええ、上から跨いで入れて下さい……」

竜介が喘ぎながら答えると、慶子もすぐに身を起こして前進し、彼の股間に跨がってきた。

唾液に濡れた先端に割れ目を押し付け、腰を沈めながらゆっくり膣口に受け入れると、たちまち彼自身はヌルヌルッと滑らかな肉襞の摩擦とともに、完全に根元まで柔肉に呑み込まれていった。

慶子もピッタリと股間を密着して座り込み、彼の胸に両手を突っ張りながら、キュッときつく締め上げて若いペニスを味わった。

3

「アア……、いいわ、すごく。奥まで当たる……」

慶子が徐々に股間を擦り付けながら喘ぎ、やがて身を重ねてきた。

竜介も両手を回して下から抱き留め、両膝を立てて彼女の尻を支えた。

唇を求めると、慶子も上からピッタリと重ね合わせ、熱い息を籠もらせながら舌を挿し入れてくれた。

彼はチロチロと滑らかに蠢く美女の舌を味わい、生温かな唾液をすすった。

そしてズンズンと股間を突き上げはじめると、

「アアッ……、すぐいきそうよ……」

彼女が口を離し、淫らに唾液の糸を引きながら喘いだ。すっかり下地も出来上がり、膣内の収縮も増していった。

慶子も合わせて腰を遣いはじめると、何とも心地よい摩擦とともに、ピチャクチャと淫らに湿った音が聞こえてきた。溢れた愛液が生温かく陰嚢の脇を伝い流れ、肛門の方まで濡らした。

竜介は彼女の喘ぐ口に鼻を押し付け、熱く湿り気ある吐息を嗅いだ。

それはたまに診察の時にも感じたことのある甘い花粉臭で、うっとりと鼻腔を刺激してきた。

「唾を飲ませて……」

動きながら囁くと、慶子も懸命に唾液を溜めて形良い唇をすぼめて迫り、白っぽく小泡の多い唾液をトロトロと吐き出してくれた。

舌に受けて味わい、うっとりと喉を潤し、

「顔中もヌルヌルにして……」

言うと慶子も厭わず舌を這わせ、彼の鼻筋から頬、口の周りまで生温かな唾液にまみれさせてくれた。

「い、いく……！」

とうとう竜介は口走り、美人女医の唾液と吐息を吸収し、摩擦の中で昇り詰めてしまった。同時に、熱い大量のザーメンがドクンドクンと勢いよく柔肉の奥にほとばしった。

「ヒッ、感じる……、アアーッ……！」

噴出を受け止めると、それでオルガスムスのスイッチが入り、彼女は喘ぎながらガクガクと狂おしい痙攣を繰り返した。

収縮が増すと、彼は駄目押しの快感に包まれながら股間を突き上げ、心置きなく最後の一滴まで出し尽くしていった。

すっかり満足しながら徐々に動きを弱めていくと、

「アア……」

慶子も声を洩らし、肌の硬直を解くとグッタリともたれかかってきた。

息づく膣内で、幹がヒクヒクと過敏に跳ね上がると、

「あう……」

彼女が呻き、応えるようにキュッキュッと締め上げてきた。

竜介は美女の重みと温もりを感じ、熱く甘い吐息で鼻腔を刺激されながら、うっとりと快感の余韻を味わった。

「良かったわ。でも亜利沙ちゃんとの初回は、正常位がいいわね」

慶子が荒い息遣いを繰り返しながら囁き、やがてそろそろと股間を引き離して身を起こした。

「もう浴びてもいいわね」

彼女が言って白衣を脱ぎ去りながらベッドを降りたので、竜介も一緒に寝室を出てバスルームに移動した。

シャワーの湯で全身を流し、彼女も割れ目を洗った。

「ね、慶子先生がオシッコするところ見たい」

「いいけど、そんなこと、亜利沙ちゃんにいきなり言ったらダメよ」

まだ興奮の余韻で拒むことはなく、彼女はすぐに立ち上がって股間を向けてくれた。

竜介も床に座ったまま、腰を抱いて割れ目に顔を寄せた。

「そんな近くで見るの？　顔にかかるわよ」

「うん、少し飲みたい」

「毒じゃないけれど、そんな趣味の人だったのね……」

慶子は言いながらも、自ら指で陰唇を広げ、彼の目の前で割れ目内部を丸見えにさせてくれた。

彼が舌を這わせると、湯に濡れた恥毛の匂いはすっかり薄れ、それでも新たな愛液が溢れてきた。

「あう、出るわ……」

慶子はすぐにも尿意を高めて言い、見るとクリトリスと膣口の間にある尿道口から、チョロチョロと熱い流れが漏れてきた。

舌に受けると味も匂いも控えめで、心地よく喉を潤した。

「アア……、変な気持ち……」

彼女が息を詰めて言い、さらに勢いが増してきた。

竜介は胸から腹にも浴び、温かな流れを受けながらムクムクと完全に回復していった。

間もなく流れが治まると、彼は残り香の中で余りの雫をすすり、濡れた柔肉を舐め回した。

「ああ……、いいわ、どうやらもう一度出来そうね……」

すっかり彼女もその気になって喘ぎ、股間を引き離すともう一度シャワーを浴び、二人で身体を拭いてバスルームを出た。

寝室のベッドに戻ると、今度は慶子が全裸のまま仰向けになり、まだまだ貪欲に求めて股を開いてきた。

「すぐ入れて……」

言われて竜介も股間を進め、勃起して急角度に反り返った幹に指を添えて下向きにさせ、先端を濡れた割れ目に擦り付けた。

「いいわ、もう少し下……」

すると慶子がリードしてくれ、僅かに股間を浮かせた。彼も充分にヌメリを与えてから、膣口に狙いを定めると、

「そう、そこよ。来て……」

彼女が言うので、竜介も息を詰めてゆっくり挿入していった。

再びヌルヌルッと根元まで嵌まり込むと、彼は温もりと感触を味わいながら股間を密着させた。

「アアッ……！」

慶子が身を弓なりに反らせて喘ぎ、キュッと締め付けながら、両手を伸ばして彼を抱き寄せた。竜介が両脚を伸ばして身を重ねていくと、胸の下で乳房が押し潰れて心地よく弾んだ。

「突いて、強く何度も奥まで……」

慶子が待ち切れないようにズンズンと股間を突き上げて言い、コリコリする恥骨の膨らみまで伝わってきた。

竜介は、彼女の開いた口に鼻を押し込み、濃厚な花粉臭の刺激を嗅いで胸を満たしながら、股間をぶつけるように激しく突き動かしはじめた。

「アア、いい……、上手よ……!」

慶子も収縮と潤いを増して喘ぎ、彼の背に爪まで立てて悶えた。

彼は絶頂を迫らせながら、慶子の口に鼻を擦りつけると、彼女も舌を這わせてヌラヌラと舐め回してくれた。

「ああ、いく……!」

悩ましい唾液と吐息の匂いに鼻腔を刺激され、彼はあっという間に昇り詰めて口走った。同時に、ありったけの熱いザーメンがドクンドクンと勢いよく注入されると、

「アアーッ……!」

慶子も激しく声を上げ、ガクガクと狂おしいオルガスムスの痙攣を開始した。

竜介は心ゆくまで快感を噛み締め、最後の一滴まで出し尽くしていった。

徐々に動きを弱めていくと、

「ああ……、すごい……」

慶子も強ばりを解き、満足げに声を洩らして身を投げ出していった。

遠慮なく体重を預け、まだ収縮の続く膣内で幹を震わせ、慶子の吐息を嗅ぎながら余韻を味わった。

「もう合格よ……、とにかく亜利沙ちゃんには優しくね……」

慶子が息を弾ませて囁き、もう一度キュッときつく締め付けてきたのだった。

4

「まあ、平井君？　いきなり辞めたので心配していたのよ」

慶子のマンションを出て自宅に向かっている竜介に、突然話しかけてきた女性がいた。

（え？　誰だ。たぶん医療センターで並男の同僚だと思うが……）

竜介は戸惑い、見た目は二十代半ばで並男と同じぐらいか、あるいは君づけだから少し年上らしい美女を見つめた。

「まあ、忘れたの？　しばらく部署が違っていたけど、ほら、私は主任になったのよ」

彼女が言って、幸い新品の名刺を渡してきた。それには医療センターの営業部主任の肩書きがあり、名は牧田春美といった。今は営業の外回りをしているのだろう。

「ええ、もちろん覚えてますよ。牧田さん」

「どうして辞めちゃったの？　頑張っていたのに」

春美が心配そうに訊いてきた。

セミロングの髪に整った目鼻立ち、顔も声も美しく、ブラウスの胸もタイトスカートの尻も割りに豊かで魅惑的だった。

直感で、天秤座のO型といった感じである。

「ええ、急に天竜舎という占いの会社に引き抜かれて、住み込みで働くようになったんです」

「そうなの。元々文系だから合っているかも知れないわね」

「今は外回りの途中？」

「ええ、契約が取れたので、今日は早いけど直帰」

春美が答え、彼はほのかな甘い匂いを感じながら、一緒に駅に向かった。

と、そのとき一台の車がコンビニの駐車場に勢いよく入ってきて、咄嗟に竜介は春美を庇(かば)った。

「気をつけろ、バカモノ！」

思わず八十五歳の感覚で怒鳴ると、急停車した車から二人の若い男が飛び出てきた。若いといっても、並男と同じぐらいであるが、見るからに頭の悪そうな不良たちである。

「おい、いま何て言った。このガキ！」

二人が凶悪に顔を歪め、弱そうと見た竜介に迫ってきた。

「離れていて」

竜介は不安げにしている春美に言って下がらせ、全身に闘志を漲らせた。

何しろ身体が大きく、若い頃から何度となくストリートファイトの経験をしてきたのだ。並男に筋力はなさそうだが若いぶん動きが速いし、柔道五段の技は生かされるだろう。

「ナメてんのか、てめえ」

「ああ、時間の無駄だ。さっさとすませたい。かかってこい」

竜介が言うと、大柄な相手は目を丸くし、すぐに拳を振るってきた。どうやら武道の経験はなく、その動きも大して速くなかった。

手首を摑んで素早く懐に飛び込むと、竜介得意の一本背負い。

「うわ……」

男は彼の肩を中心に大きく弧を描いて声を洩らし、たちまち駐車場のコンクリートに腰から叩きつけられていた。しかも受け身を知らないうえ、車止めのブロックで強かに腰を打ち、そのまま苦悶して転げ回った。

「次！」

技が決まった爽快感に言い、残る一人の長髪に向かった。

「こ、こいつ……」

恐らく自分より強い一人目が倒されたので怯んだが、何とか摑みかかろうとしてきた。その襟首を摑んで猛烈な払い腰。

長髪は声もなく宙を舞い、開けっ放しのドアにブチ当たって回転を変え、肩から地に落下していった。

その長髪に屈み込み、

「バカで弱いんだから小さくなってろ。返事は！」

「は、はい……」

言うと長髪は小さく答えた。大柄な方はまだ立てないようだ。

「じゃ行きましょうか」

竜介は充分に技が使えることに満足し、春美を促して駅に向かった。

「す、すごいわ……、大人しい人だったのに、別人みたい……」

春美が声を震わせて小走りについてきた。

確かに別人なのだが、やはり今までの真面目で大人しい並男を知っているから彼女は相当に驚いたようだ。

「ね、何だか震えて歩けないわ。あそこに入りたい」

春美が指す方を見ると、駅裏のラブホテルだった。本当に休みたいのかも知れないが、同時に激しい淫気を湧かせているのだろう。

竜介も、今のラブホテルというものに入ってみたかったので、二人早足でホテルに向かい、急いで入って部屋を選んだ。

エレベーターで上がって密室に入ると、春美はソファに座り込んだ。

竜介も、昔は回転ベッドの頃に入ったことはあるが、今は割りにシンプルで、ダブルベッドにテーブルにテレビと、昭和時代より明るい雰囲気だった。

「ああ……、驚いたけど、少し落ち着いたわ。仲間内で、平井君は童貞だろうなんて噂していたのよ。彼女はいるの？」

「いないこともないけど、牧田さんは？」

「私は別れて半年」

「そう、じゃしてもいい？」

　ここまで来て拒みはしないと思い、彼は言った。

「そんなこと言う人だったのね。いいわ」

　彼女が頷いたので、竜介はすぐにも脱ぎはじめた。慶子としたばかりだが、もちろん相手が変われば淫気も精力もリセットされる。

　春美も立ち上がって手早く脱ぎはじめてくれた。

「あ、ずいぶん歩き回ったけどシャワーは……」

「いいですよ、そのままで。僕は浴びてきたばかりなので」

「そうね、私も待てない感じだから……」

　春美は言い、見る見る白い肌を露わにして言った。あるいは、すぐに挿入してくるとでも思っているのかも知れない。

　先に全裸になった竜介は布団をはいでベッドに横になり、枕元のパネルをいじってやや照明を落とした。

春美も最後の一枚を脱いでベッドに上がると、すぐにも彼の股間に熱い視線を注いできた。

「すごい勃ってるわ」

「だって、当時から何度も牧田さんを思ってオナニーしていたから」

言われて、彼も当てずっぽうで答えた。きっとシャイな並男なら、会った美女で片っ端から妄想オナニーにばかり耽っていたことだろう。

「本当？　嬉しい……」

言うなり春美は屈み込み、張り詰めた亀頭にしゃぶり付いてきた。

滑らかな舌が這い回り、そのまま喉の奥までスッポリと呑み込まれ、まず彼は受け身の快感を味わって喘いだ。

股間に熱い息が籠もり、彼女は幹を丸く口で締め付けて吸い、ネットリと舌をからませてから、顔を上下させスポスポと摩擦した。

何人かの女性にフェラしてもらったが、由利香と亜利沙の母娘は特殊として、大家の比呂美や女医の慶子、この春美などのテクニックは、やはり今まで出会った男の好みや教えが影響しているのだろう。

舌の蠢きや摩擦などは誰も同じようで微妙に異なり、この春美は特に吸引に重点を置いているようだった。

引き抜きながら途中で止めて強く吸い、さらに亀頭だけを吸い上げながら舌をからめる技巧が実に良く、彼は生温かな唾液にまみれた肉棒をヒクヒクと歓喜に震わせた。

「い、いきそう……」

すっかり高まった彼が言うと、春美もスポンと口を引き離し、移動して仰向けになった。

「いいわ、中出し大丈夫だから入れて……」

彼女が仰向けになり、脚を開きながら言う。やはり前の彼氏は、ろくに舐めもせず、すぐ挿入するタイプだったようだ。

身を起こした竜介は、まず彼女の足首を摑んで浮かせ、足裏に舌を這わせて指の間に鼻を割り込ませて嗅いだ。やはりこれをしないと女体を相手にした気がしないのである。

「あう、そんなことするの……？」

春美が驚いて言い、ビクリと脚を震わせた。

竜介は、外回りで歩き回りムレムレになった匂いを貪り、爪先にしゃぶり付いて、指の股に沁み付いた汗と脂の湿り気を舐め回した。

「アアッ……、ダメよ、汚いのに……」

春美が喘ぎ、彼は両脚とも味と匂いを貪り尽くしてしまった。

あらためて大股開きにさせ、脚の内側を舐め上げて股間に迫っていくと、割れ目は驚くほど大量の愛液にヌラヌラとまみれていた。

久々のセックスだし、急激に淫気を湧き上がらせ、相当に興奮を高めているのだろう。

丘に茂る恥毛は楚々とし、はみ出した陰唇を指で広げると、膣口の襞には白っぽく濁ったヌメリが満ちていた。クリトリスも大きめで光沢を放ち、彼はたまらずに顔を埋め込んでいった。

「あ、洗ってないのに恥ずかしいわ……」

春美が声を震わせ、内腿でムッチリと彼の顔を挟み付けてきた。

竜介はもがく腰を抱え込み、恥毛に鼻を擦りつけて汗とオシッコの蒸れた匂いを貪った。

味わいながらクリトリスまで舐め上げていった。

「いい匂い」

「あう……！」

嗅ぎながら言うと彼女が呻き、内腿にキュッと力を込めた。

舌を挿し入れると淡い酸味のヌメリが迎え、彼は息づく膣口の襞を掻き回し、

5

「アアッ……、き、気持ちいいわ……！」

春美が身を反らせて喘ぎ、新たな愛液を漏らしてきた。

竜介も執拗にチロチロとクリトリスを舐めては、溢れてくるヌメリを味わい、匂いを貪り続けた。

さらに彼女の両脚を浮かせ、白く丸い尻に迫った。

谷間の蕾はやはり可憐な薄桃色で、細かな襞が恥じらうように震えていた。

鼻を埋め込んで蒸れた匂いを嗅いでから、舌を這わせて濡らし、ヌルッと潜り込ませて滑らかな粘膜を味わった。

「く……、ダメ、そんなこと……！」

春美が呻き、モグモグと肛門で舌先を締め付けた。

しかし嫌でない証拠に割れ目のヌメリは増し、彼は舌を出し入れさせるように蠢かせてから、脚を下ろして再び割れ目に吸い付いていった。

「お、お願い、入れて……」

彼女は絶頂を迫らせたように声を上ずらせ、ヒクヒクと白い下腹を波打たせていた。

竜介も待ちきれなくなって舌を引っ込め、身を起こして股間を進めた。

女上位は好きだが、正常位は上になるので動きが自在になり、相手を翻弄するには良い体位であった。

先端を押し当て、感触を味わいながらゆっくりと膣口に挿入していくと、張り詰めたペニスはヌルヌルッと滑らかに根元まで吸い込まれていった。

「アアッ……！」

股間を密着させると春美が喘ぎ、キュッキュッと久々のペニスを嚙み締めるように収縮を繰り返した。

竜介は温もりと感触を味わいながら、脚を伸ばして身を重ね、屈み込んでチュッと乳首に吸い付いていった。

「ああ……、いいわ、突いて……」

春美がクネクネと身悶えながら口走り、ズンズンと股間を突き上げた。

彼は左右の乳首を交互に含んで舌で転がし、まだ動かずに下で息づく柔肌を味わった。

両の乳首を舐め回し、顔中で膨らみを堪能すると彼は春美の腕を差し上げ、腋の下にも鼻を埋めて嗅いだ。ここも生ぬるく湿り、甘ったるい汗の匂いが濃厚に籠もっていた。

舌を這わせるとスベスベで、彼は左右とも腋を愛撫して美女の体臭を味わい尽くした。そして彼も徐々に腰を遣いはじめると、

「あう、もっと強く……！」

春美が声を上ずらせてせがみ、両手でしがみついてきた。

溢れる愛液が動きを滑らかにさせ、クチュクチュと淫らに湿った摩擦音を響かせはじめた。

次第にリズミカルに動き、股間をぶつけるように激しくさせると、

「アア、い、いきそうよ……」

春美が喘ぎ、彼はその唇を塞いで舌を挿し入れた。

「ンンッ……」

彼女が熱く呻きながら、チロチロと舌をからめ、竜介も生温かく滑らかな唾液を心ゆくまで味わいながら動いた。果てそうになると動きを止めて呼吸を整え、またしばらく動いては止めるという緩急を付けた律動だ。

それに突くよりも、引く方を意識する方が良いと体験上分かっていた。

亀頭の張り出した傘は原始時代、先に放たれた男のザーメンを中から掻き出すためにあると言われている。

それを繰り返しているうち、

「い、いっちゃう……、アアーッ……！」

たちまち春美が息苦しそうに口を離して喘ぎ、ガクガクと狂おしいオルガスムスの痙攣を開始してしまった。

竜介も、彼女の喘ぐ口に鼻を押し付けて熱気を嗅ぐと、甘酸っぱい匂いに淡く混じるオニオン臭の刺激が悩ましく、たちまち彼も大きな絶頂の快感に全身を貫かれてしまった。

「く……！」

呻きながら昇り詰め、ありったけの熱いザーメンをドクンドクンと勢いよく注入すると、

「あ、熱いわ、出ているのね、もっと……！」

噴出を感じ取った春美が駄目押しの快感を得て言い、収縮を強めて乱れに乱れた。竜介も、美女の悩ましい吐息を嗅いで鼻腔を刺激されながら、心置きなく最後の一滴まで出し尽くしていったのだった。

動きを弱めていくと、

「アア……、すごかったわ……」

春美は息も絶えだえになり、満足げに声を洩らしながら肌の強ばりを解いていった。遠慮なく体重を掛けてもたれかかり、息づく膣内でヒクヒクと過敏に幹を震わせると、

「も、もうダメ……」

彼女も感じながら降参し、嫌々をした。

竜介は彼女の口に鼻を擦りつけ、果実臭とオニオン臭の混じった吐息をうっとり嗅ぎながら、荒い呼吸を整えて余韻を味わったのだった。

「たまにでいいから、これからも会って……」

春美が息を弾ませて囁く、

「ええ、もちろん。あとでＬＩＮＥを交換しましょう」

彼も答え、ようやく身を起こして股間を引き離したのだった。

そしてフラつく彼女を支えながら一緒にベッドを降り、バスルームへと移動して体を洗い流した。

春美も、汗を流してほっとしたように椅子に座り込んだ。

さすがに洗い場は広く、彼は壁に立てかけてあったビニールマットを床に敷いて仰向けになった。

「ね、跨いでオシッコかけて」

「まあ、そんなことしてほしいの……」

せがむと、ようやく人心地ついた春美は、また驚いて目をキラキラさせた。

そして跨いでしゃがみ込み、まずは彼の胸に股間を密着させてから僅かに浮かせた。

「もっと前に」

「顔にされたいの？」

言うと春美も前進し、洗ったばかりで匂いの薄れた割れ目を鼻先に迫らせてくれた。

やはり竜介にとっては、美女の足指を舐めるのと同じぐらい、放尿プレイは必要なことであった。

「アア、こんなことするなんて……」

春美は息を弾ませて言いながらも、懸命に尿意を高めはじめてくれた。大きな快感と興奮の余韻で朦朧となり、何でも言いなりになってくれるようだ。

下から腰を抱えて舐めると、すぐにも新たな愛液が溢れて舌の動きを滑らかにさせた。

「あうう、いいのね、出るわ……」

すると、いくらも待たないうちに春美が声を震わせ、割れ目内部の柔肉を妖しく蠢かせた。そして熱い流れがチョロチョロとほとばしり、

「ああ……」

開いた口に注がれる音を聞き、彼女は熱く喘いだ。

竜介は口に受け止め、仰向けなので噎せないよう気をつけながら味わい、喉を潤した。味と匂いはやや濃いが、むしろ美女とのギャップ萌えでムクムクと回復してしまった。

溢れた分が彼の顔を濡らし、左右の耳の穴にも入り、竜介は匂いに包まれながら、もう一回射精したくなってきた。

「しゃぶって……」

流れを受け止めながら言うと、春美も興奮を高め、放尿を続けながら身を反転させ、女上位のシックスナインで屈み込むなり勃起した亀頭にしゃぶり付いてくれた。

間もなく流れは治まったが、彼は残り香の中で愛液混じりの雫をすすり、ズンズンと股間を突き上げて先端で春美の喉を突いた。

「ンン……」

彼女も熱く鼻を鳴らして吸引と舌の蠢きを続け、顔を上下させてスポスポとリズミカルに摩擦してくれた。

竜介は、残尿より愛液の方が多くなってきた割れ目内部を貪りながら、濡れた口の摩擦に高まり、あっという間に本日何度目かのオルガスムスに貫かれてしまった。

「く……！」

大きな快感に呻き、まだ残っていたザーメンがドクンドクンと勢いよくほとばしると、春美も喉の奥を直撃されながら受け止めてくれた。

全て出しきり、彼が満足しながら突き上げを止めると、春美も吸引を止めて口に溜まったザーメンをゴクリと一息に飲み干した。

「あう……」

喉が鳴ると口腔が締まり、彼は駄目押しの快感に呻いた。

ようやく彼女も口を引き離し、なおも濡れた尿道口をペロペロと舐め回し、綺麗にしてくれたのだった。

「も、もういい、ありがとう……」

竜介が腰をよじって言うと、春美も舌を引っ込めて身を起こし、もう一度二人で全身を洗い流したのだった。

第四章　再び入れ替わって

1

「先生からメールが届いているわ。あなたに伝えるようにって」

夜、病室で付ききりの由利香がスマホを見ながら、寝たきりの並男に言った。

「私と亜利沙の他に、主治医の慶子先生と、アパートの大家の比呂美さんと、医療センターで同僚だった牧田春美さんを抱いたって」

「そ、そんなに、僕の体で……」

言われて、並男は驚きに絶句した。

「ええ、これも元通り入れ替わったあとに求められるだろうから、誰としたかという情報は必要だと言っているわ」

由利香がスマホを切って言う。

「そんなに毎日が楽しいのに、またちゃんと元通りに入れ替わってくれるんでしょうか……」

並男は、不安になりながら言った。

「先生は約束は守るわ。僅かでも若返って自由に動ければ、もう命も要らないと言っていたのだし、あなたには感謝しているから」

「ええ、僕も信用はしていますけど……」

並男は答えながら、あの綺麗な大家の比呂美や、同僚だった春美は、一体どんな匂いと感触をしていたのかと思い、つい股間がムズムズしてきてしまった。

しかも皆、並男の姿形で構わないと思って、喜んでセックスさせてくれているのだろう。

それを思うと彼は、元通りになったら生まれ変わった気持ちで、もっと積極的で奔放に生きようと決心したのだった。

すると、何やら萎えたペニスがムクムクと勃起してきたような気がした。

「ゆ、由利香さん、何だか勃ってきたみたい……」

「まあ、本当？」

言うと由利香も驚き、彼の裾を開いてT字帯を取り去って確認した。

「少しだけ硬くなってきたのね。今までこんなことなかったのに、やはり若い魂が入ったから、肉体も影響されはじめたんだわ……」

「ね、キスしたい」

並男が言うと、由利香もすぐに顔を寄せ、上からピッタリと唇を重ね合わせ、甘い白粉臭の息を弾ませながら舌をからめてくれた。

並男も、滑らかに蠢く舌を舐め回し、かぐわしく熱い息を嗅ぎながら胸をときめかせた。

由利香は、彼が好むのを知っているので、舌を蠢かせながらことさら多めにトロトロと生温かな唾液を注いでくれながら、さらにしなやかな指先で優しくペニスをいじってくれた。

（ああ、気持ちいい……）

並男は、初めてこの肉体で勃起を感じながらヒクヒクと幹を震わせた。

「な、舐めたい……」

「いいわ」

唇を離して言うと、すぐに由利香も答えてベッドに上がり、裾をめくって下着を膝まで下ろし、和式トイレスタイルでしゃがみ込んでくれた。

M字になった脚がムッチリと張り詰め、熟れた割れ目が鼻先に迫った。

柔らかな恥毛に鼻を埋めて蒸れた体臭を貪り、舌を挿し入れて膣口を掻き回してからクリトリスまで舐め上げると、

「アアッ……！」

彼女も熱く喘ぎ、ヌラヌラと熱い愛液を漏らしてきた。

さらに潜り込もうとすると由利香も前進し、尻の谷間を彼の鼻と口に押し付けてくれた。

蕾に籠もった微香を嗅ぎ、舌を這わせてヌルッと潜り込ませると、

「く……」

由利香は呻き、キュッと肛門で舌先を締め付けてきた。

「い、入れてみたい……」

彼が言うと、由利香もすぐに股間を引き離し、徐々に強ばりを増しているペニスに屈み込み、まずはしゃぶり付いて唾液の潤いを与えてくれた。

「ああ……」

並男は喘ぎ、彼女もスッポリと喉の奥まで含んで吸い、念入りに舌をからめて唾液に浸した。

「大丈夫かしら。無理なようなら言って下さいね」

やがて口を離し、身を起こした由利香が言いながら彼の股間に跨がってきた。先端に割れ目を押し付け、指で幹を支えながら注意深く亀頭を膣口に受け入れると、ようやくヌルヌルッと温かな肉壺に彼自身が潜り込んでいった。

(は、入った……)

童貞の並男にとっては、初めて得る挿入の感覚であった。

「アアッ……」

由利香もピッタリと股間を密着させて座り込み、キュッキュッと締め付けながら、顔を仰け反らせて喘いだ。

あまり並男の方から股間を突き上げられないので、由利香の方から腰を上下させはじめてくれた。

「き、気持ちいい……」

温かく濡れた肉襞の摩擦を受け、並男は初めての感触に口走った。

由利香も次第にリズミカルに股間を動かし、溢れる愛液が幹を濡らし、クチュクチュと湿った摩擦音を響かせた。

しかし、その時である。

「ウ……！」

急に心臓が締め付けられるような痛みに襲われてしまい、並男は快楽を中断して呻いた。

由利香は彼は果てたとでも思ったか、なおも腰を動かし続けているが、並男は必死に彼女の腕を叩いた。

「え？　どうしたの……」

ようやく、その反応に由利香も気づいて言い、動きを止めた。

「し、心臓が……」

「まあ大変……！」

由利香も快楽を中断させ、股間を上げてヌルッと引き抜き、身繕いもそこそこに慶子にＬＩＮＥした。ナースコールでなく、直の連絡である。

さらに由利香は手早く身繕いをして彼のＴ字帯も直すと、今度は竜介にＬＩＮＥした。

「どう？　気分は」

由利香が顔を覗き込んで訊くが、並男は彼女の甘い息を感じる余裕もなく身をよじって苦悶した。

頭の片隅で、これが八十五歳の肉体に起きた発作かと思い、このまま逝ったらどうなるのだろうかと不安になった。この肉体が死んだ途端、魂が元に戻るようセットされているのだろうか。

「ゆっくり深呼吸して」

由利香が彼の胸を撫でながら言い、並男も懸命に落ち着こうと努めながら深呼吸した。

そして待つうちに、慶子とその夫、彼女より一回り年上で四十代後半の院長も飛び込んできた。

「大丈夫ですか」

慶子が言いながら並男の脈拍と心電図を計り、院長も人工呼吸器をセットしてくれた。

すると、ようやく激しい痛みと動悸が徐々に治まってきて、並男も普通の呼吸が出来るようになって来たのである。

「たまに起きる、いつもの発作でしょう。もう落ち着いたようだけど、一晩呼吸器を付けておいて下さい」

聴診器を当てながら院長が言い、慶子も由利香もほっとしたようだった。

慶子の方は、また由利香が彼に求められるまま何か無理でもさせたのではないかと勘繰っていそうだ。

「では何かあれば、いつでもコールして下さいね」

院長が言い、やがて慶子と一緒に病室を出ていった。

間もなく消灯時間である。

すると、そこへ並男の肉体を持った竜介が、亜利沙を連れて入って来たのだ。

「どうした。そこで慶子先生に会って聞いたが、やはり心配でな」

「ええ、メールを伝えていたら勃起してきたので、少しだけ挿入して動いてしまいました。すると発作が……、申し訳ありません」

由利香が、若い竜介に頭を下げて言った。

「なに、勃ったのか。しかも挿入まで出来たとは……」

それを聞き、竜介は目を輝かせた。そして呼吸器を装着している並男に向かって言った。

「並男、ほんの数日だったが楽しかった。気はすんだので元に戻ろう」

「え……」

言われて、並男は薄目で彼を見上げた。

「いつもの発作とは思うが、今後は万一ということもある。もう長く生きたので充分だ。あとは逝く日まで由利香についていてもらうよ。君はわしの跡を継いで亜利沙と一緒になってくれ」

竜介が言い、その後ろでは亜利沙が巫女姿に着替えていた。

2

「じゃ始めるわ。本当にいいのね、お爺さま」

清らかな巫女姿になった亜利沙が二人に言う。前と違うところは、もう彼女も処女ではないということだ。

「ああ、頼む」

若い竜介が答えて付添用のベッドに横たわり、由利香は離れたソファで成り行きを見守った。

やがて寝ている並男の顔に亜利沙が屈み込み、人工呼吸器をそっと外すと、ピッタリと唇を重ねてきた。

並男も美少女の唇の感触や唾液の湿り気が感じられるようになっていたが、やはり警戒して興奮は得ないようにした。

亜利沙は魂を吸い込んでから口を離し、それを隣のベッドに寝ている竜介に移していった。しかし、まだ並男の意識は残っていた。一気に空っぽにするのではなく、徐々に互いを入れ替えているようだ。

それだけ亜利沙も、老いた肉体の方を気遣っているのだろう。

互いの口づけを何度か繰り返すうち、並男の意識は朦朧となり、気づくと魂は完全に若い肉体の方に移っていた。

身軽に身を起こすと、並男は寝たきりの竜介を覗き込んだ。

そして最後の口づけを終えて魂を吹き込むと、亜利沙が彼の呼吸器を元に戻そうとした。

「ああ、いい。もう大丈夫だ」

それを断り、竜介ははっきりと言った。

「若い感覚が残っているようだ。だが、いつまで保つか分からん。並男、あとはよろしく頼むぞ。なるべく早く亜利沙と入籍を」

「分かりました。天城家の跡取りとして頑張ります」

彼が答えると、竜介も頷いた。

「では、亜利沙と戻ると良い。今夜はこれで休む」

「はい、失礼いたします。明日また伺いますので」

並男は言い、竜介と由利香に一礼した。

そして病室を出ると、並男は亜利沙と一緒に歩いた。

亜利沙が、巫女姿のまま言い、服を入れたバッグを持った。

「近いし暗いから、このままでいいや」

「まあ、びっくりした……」

入り口近くに慶子がいて、巫女を見て声を洩らした。

「すみません。お爺さまの言いつけで、少し祈禱をしましたので」

「そうだったの……」

「では失礼します。毎日見舞いに参りますので」

慶子がほっとした声を洩らすと、並男も頭を下げて言った。

（この美人女医を抱いたんだ。この肉体で……）

並男は思うと、股間が熱くなってきた。

慶子もまた、若い並男と関係したことを思い出したように、一瞬淫らな眼差しになった気がした。

（いずれ、順々に攻略させてもらおう……）

並男は思い、やがて亜利沙と一緒にクリニックを出て屋敷に向かった。

「気分はどう？」

「うん、爽快。しかも先生の感覚が少し残ってるみたい」

訊かれて、並男は自身を確認しながら答えた。

それは由利香や亜利沙母娘、比呂美や慶子とセックスした感覚で、一種の肉体の記憶なのだろう。

それを思うと股間が疼いてしまった。何しろ、まだこの魂では誰も抱いていないのである。

「そう、じゃ先生の柔道の技も残っているかも知れないわね」

「だったら嬉しい。生まれ変わった気持ちで体も鍛えないと。それにしても、よく先生は若さへの未練を断ち切ってくれたなあ。僕も、一生戻してくれないのではと一瞬疑いを持ったこともあったけど……」

「数日にしろ、夢が叶ったのだし、自分の肉体がいつ急変するか分からないので大事を取ったんだわ。人の寿命は変わらないのだし、人の寿命を奪うことは厳に戒めていたのね」

「本当に、良い義父を持ったなあ」

並男は答え、近道に公園を横切った。

すると二人連れの男と行き合った。

「うわ、びっくりした。ここらに神社なんてあったか」

長髪の男が言い、

「ん？　て、てめえは……」

並男の顔を覗き込んで目を丸くした。並男にこの男の記憶はないが、入れ替わっていたときにトラブルがあったのだろう。

「こ、こいつが兄貴を入院させたんだ……」

長髪が、連れのレスラーみたいに大柄で筋肉質の男に言った。

「なにい、こんな弱そうな奴に負けたのか。あいつも何やってるんだか」

「い、いや、俺もやられたが、相当に強いんだ……」

レスラー男が言って身構えると、長髪は怯えて後ろに回った。

するとと亜利沙がクスクス笑い出したのだ。

「この人に敵うとでも思ってるの？」

言うと、レスラー男が顔を真っ赤にした。

「よし、ねえちゃん。こいつを倒したら今夜付き合ってもらうぜ」

言うなり男が並男に迫ってきた。不思議に並男に恐怖感はなく、笑みを含んで奴が摑みかかるのを待った。

そして奴の手が胸ぐらに触れる寸前、並男はその手首を摑んで身をひねった。

「うわ……！」

レスラー男は声を洩らし、遥か彼方に飛んでゆき、池に落ちて激しい水音が響いた。空気投げ、いや、これは竜介の柔道の技ではなく、恐らくそばにいる亜利沙の超能力によるものではないか。

「うひゃーッ……！」

長髪は怪物にでも出会ったような悲鳴を上げ、池の兄貴分を見捨てて一目散に逃げていった。

二人は苦笑し、そのまま一緒に公園を抜けると、池の方から、

「ちくしょーッ……！」

と這い出した男の怒鳴り声が聞こえたので、溺死はしなかったようだ。

そして屋敷へと戻ると、

（ここが、これから僕の家になるのか……）

並男は目を見張り、亜利沙に案内されて中に入った。

彼女はリビングではなく、並男を竜介の書斎に招いた。

「替魂法のことを書いている途中だから、残りは並男さんに書いて欲しいって」

亜利沙がパソコンを指して言う。

竜介も、今までに自伝を出したことはあるが、今回の不思議な体験も綴っておくつもりらしい。

「うん、分かった。明日にでも読み返して、続きを書くよ」

並男が言うと、亜利沙は屋敷内を案内してくれた。

書斎の隣が竜介の寝室で、ダブルベッドが据えてあるが入院中なので布団はなく、マットレスだけだった。

あとはリビングに応接間、キッチンに食堂に広いバストイレだ。

長い安アパート暮らしの身から見れば、夢のように豪華な屋敷である。

それから二人は二階へ上がった。

二階は母娘の各部屋と客間、トイレにベランダなどがある。

彼は、亜利沙の私室に招き入れられた。そこは八畳ほどの洋間で、奥の窓際にベッド、手前に机と本棚があった。

特に、全知全能に近い超能力者の雰囲気はなく、普通の美少女の部屋といった感じだが、有名人のポスターやぬいぐるみなどはなかった。

彼女はバッグを置き、クローゼットを開けて巫女の衣装を脱ぎはじめた。

室内に籠もる生ぬるく甘ったるい思春期の体臭に、みるみる露わになってゆく亜利沙の白い肌を見るうち、たまらず彼はムクムクと痛いほど勃起してきてしまった。

「ね、してもいい……?」

思い切って並男が言うと、

「ええ、もちろん。これからいくらでも好きなようにして構わないから」

亜利沙が脱ぎながら答え、彼は舞い上がりながら手早く自分も脱ぎはじめた。

そして先に全裸になって彼女のベッドに横になると、枕に沁み付いた匂いが悩ましく鼻腔を掻き回し、その刺激が胸から勃起したペニスに伝わっていった。

それは髪の匂いやリンス、汗や涎など、美少女から出た匂いのミックスなのだろう。

見ると亜利沙もためらいなく一糸まとわぬ姿になり、こちらに近づいてきた。

本当は巫女姿のままというのも求めたかったが、袴の脱がせ方などがよく分からないし、シワになってもいけないだろう。

やがて亜利沙がベッドに上がり、添い寝してきた。

並男は激しく興奮を高めながら、甘えるように腕枕してもらい、張りのある形良い乳房に恐る恐る手を這わせていった。

そして、生ぬるく湿った腋の下に鼻を埋め込んで嗅いだ。

3

「アア……、くすぐったいわ……」

亜利沙がクネクネと身悶え、声を震わせたが拒みはしなかった。

並男は美少女の甘ったるい汗の匂いに噎せ返り、それだけで暴発しそうなほど高まった。

何しろ、この肉体では何人もの女性とセックスしているが、していたのは竜介の魂であり、並男自身はまだ童貞のままの感覚なのである。

亜利沙にとっては、すでにこの肉体に抱かれているから、処女の反応だけは味わえない。

まあ処女を奪ったのもこの肉体なのだし、こうした幸運が巡ってきたのだから贅沢は言えなかった。

彼は充分に美少女の体臭で胸を満たしてからスベスベの腋に舌を這わせると、また亜利沙がくすぐったそうにビクリと肩をすくめた。

並男は移動し、仰向けになった亜利沙にのしかかると、形良い乳房に顔を埋め込み、ピンクの乳首にチュッと吸い付いた。

「アア……」

顔中で膨らみの感触を味わいながら、コリコリと硬くなっている乳首を舌で転がすと、亜利沙が熱く喘いだ。

並男は左右の乳首を順々に含んで舐め回し、さらに白く滑らかな肌を舐め降りていった。

愛らしい縦長の臍を舌で探り、ピンと張り詰めた下腹に耳を当てて弾力を味わうと、微かな消化音が聞こえた。神秘の超能力美少女でも、ちゃんと飲食して排泄し、消化しているのである。

そして腰から太腿、脚を舐め降りても亜利沙は身を投げ出してくれていた。肌はどこもスベスベで、足首まで下りると足裏に回り、踵から土踏まずを慈しむように舐め、揃った指の間に鼻を割り込ませて嗅いだ。

汗と脂の湿り気が感じられ、蒸れた匂いが悩ましく鼻腔を刺激してきた。

爪先にしゃぶり付き、順々に指の股に舌を挿し入れて味わうと、

「あう……」

亜利沙が呻き、彼の舌を指先でキュッと挟み付けた。

彼は両足とも味と匂いを貪り尽くし、やがて胸を高鳴らせながら股を開かせ、脚の内側を舐め上げていった。

白くムッチリとした内腿をたどり、股間に顔を寄せると熱気が感じられた。

見るとぷっくりした丘に楚々とした若草が煙り、丸みを帯びた割れ目からはみ出した花びらが、露を宿してヌラヌラと潤いはじめていた。

そっと指を当てて陰唇を左右に広げてみると、自分自身のペニスが処女を奪った膣口が、花弁状の細かな襞を入り組ませて息づいていた。

ポツンとした小さな尿道口も見え、包皮の下からは光沢あるクリトリスが顔を覗かせている。

（ああ、とうとうここまで辿り着いたんだ……）

並男は感激と興奮の中、憧れ続けていた女性の神秘の部分を目に焼き付け、顔を埋め込んでいった。

柔らかな恥毛に鼻を擦りつけて嗅ぐと、チーズにも似た、汗とオシッコの混じった匂いが蒸れて生ぬるく籠もり、心地よく鼻腔を刺激してきた。

鼻腔を満たしながら舌を挿し入れ、膣口の襞をクチュクチュ掻き回すと、淡い酸味のヌメリが感じられた。

柔肉をたどってクリトリスまで舐め上げていくと、

「アアッ……、いい気持ち……」

亜利沙がビクッと顔を仰け反らせて喘ぎ、内腿できつく彼の両頬を挟み付けてきた。

並男はチロチロとクリトリスを刺激しては、新たに溢れてくる蜜をすすり、味と匂いを胸に刻みつけた。

さらに彼女の両脚を浮かせ、大きな水蜜桃のような尻に迫ると、谷間には薄桃色の蕾が細かな襞を息づかせ、ひっそり閉じられていた。

鼻を埋めると、やはり蒸れた匂いが沁み付いていた。

彼は貪るように嗅ぎながら、顔中に密着する双丘の感触に酔いしれ、やがて舌を這わせていった。

襞を濡らし、ヌルッと潜り込ませると、

「あう……」

亜利沙が呻き、肛門で舌先を締め付けてきた。彼は滑らかな粘膜を探り、淡く甘苦いような微妙な味わいを堪能した。

そして舌を出し入れさせるように蠢かせてから、ようやく脚を下ろして再び割れ目に戻り、溢れる愛液を掬い取り、クリトリスに吸い付いていった。

「い、いきそうよ……、交替……」

亜利沙が嫌々をして声を震わせ、身を起こしてきてしまった。

そう、焦ることはない。何しろ朝までこの屋敷に二人きりなのだ。

並男は舌を引っ込めて股間から這い出し、添い寝していった。

すると入れ替わりに亜利沙が身を起こし、大股開きにさせた彼の股間に腹這い可憐な顔を迫らせてきた。

そして驚いたことに、彼女は自分がされたように、まず並男の両脚を浮かせて尻に迫ってきたのである。

熱い息が陰嚢をくすぐり、舌先がチロチロと肛門に這い回り、ヌルッと潜り込んできた。

「あう、いいよ、そんなことしなくても……」

並男は申し訳ないような快感に呻きながら、浮かせた脚をガクガク震わせ、肛門でモグモグと味わうように美少女の舌先を締め付けた。

彼女は内部で舌先を蠢かせてから、やっと脚を下ろして舌を引き離し、そのまま陰嚢を舐め回してくれた。

「アア……」

ここも妖しい快感があった。オナニーの時などいじることもないから、実に新鮮な感覚である。

彼女は舌で二つの睾丸を転がし、袋全体を生温かな唾液にまみれさせてから、さらに前進してきた。

並男が愛撫をせがむように幹をヒクヒク上下させると、いよいよ亜利沙の舌先が肉棒の裏側をゆっくり舐め上げた。

滑らかな舌が裏筋を通り、先端まで来ると、彼女は幹に指を添え、粘液が滲んでいるのも厭わずチロチロと尿道口を舐め回してくれた。

やはり処女を失ったばかりと言っても、ただの少女ではない。相手の心も読む超能力者だから、相手が悦ぶことをしてくれているのだろう。

さらに張りつめた亀頭をしゃぶり、そのままスッポリと喉の奥まで呑み込んでいった。

「ああ、気持ちいい……」

並男は快感に喘ぎ、美少女の口の中でヒクヒクと幹を震わせた。

彼女も深々と含み、幹を丸く締め付けて吸い、熱い鼻息で恥毛をくすぐった。

口の中ではクチュクチュと舌がからみつき、たちまち彼自身は生温かく清らかな唾液にまみれて脈打った。

思わず快感に任せ、ズンズンと股間を突き上げると、

「ンン……」

喉の奥を突かれた亜利沙が熱く呻き、自分も顔を上下させてスポスポと強烈な摩擦を繰り返してくれたのである。

このまま果てたい衝動にも駆られたが、やはり最初は一つになって女体を味わいたい。

並男がそう思った途端、亜利沙がチュパッと軽やかな音を立てて口を離し、顔

を上げて身を起こした。

「入れていいわね？」

「う、うん、お願い、上から跨いで……」

言うと彼女もすぐに前進して彼の股間に跨がり、唾液に濡れた先端に割れ目を押し付け、位置を定めると息を詰めて腰を沈み込ませていった。

「アア……」

たちまちヌルヌルッと滑らかに根元まで呑み込まれ、彼は快感に喘いだ。

病室で由利香にも挿入してもらったが、あれは八十五歳の肉体だ。

今は若い感覚で肉襞の摩擦と締め付け、温もりと潤いを感じながら彼は高まった。もちろんこの肉体ならば、どんなに興奮を高めても心臓発作を起こす心配はない。

「ああッ……、いい気持ち……」

ぺたりと座り込み、股間同士を密着させながら亜利沙が顔を仰け反らせて熱く喘いだ。

まだ何度も体験していないだろうが、彼女の能力があれば破瓜の痛みなどより一人前の女の快楽を十二分に味わうことが出来るに違いない。

並男が内部でヒクヒクと幹を震わせると、亜利沙も身を重ね、彼の胸に柔らかな乳房を密着させてきた。

上から顔を寄せると長い黒髪がサラリと左右に流れ、薄暗くなった内部に熱く湿り気ある吐息が籠もった。

そのまま引き寄せて唇が重なると、彼は美少女のグミ感覚の弾力と唾液の湿り気を感じながら、舌を挿し入れていった。

4

「ンン……」

亜利沙が熱く鼻を鳴らし、チロチロと舌をからめ、生温かな唾液をたっぷりと注ぎ込んでくれた。

並男は滑らかに蠢く美少女の舌を味わい、清らかな唾液で喉を潤しながら、快感に任せてズンズンと股間を突き上げはじめた。

「アアッ……、いい気持ち……！」

亜利沙が口を離して喘ぎ、合わせて腰を遣いはじめた。

並男は何とも心地よい摩擦と締め付けに包まれ、美少女の口に鼻を押し付け、熱く甘酸っぱい吐息で鼻腔を刺激されながら急激に高まった。

すると亜利沙は彼の願望を読み取ったように、ことさらに湿り気ある息を吐きかけ、鼻の頭をしゃぶってくれたのだ。

「い、いく……、アアッ……！」

美少女の唾液と吐息の刺激に声を洩らし、あっという間に並男は昇り詰めてしまった。熱い大量のザーメンがドクンドクンと勢いよくほとばしり、柔肉の奥深くを直撃すると、

「あ、熱いわ……、ああーッ……！」

噴出を感じた亜利沙も声を上げ、ガクガクと狂おしいオルガスムスの痙攣を開始したのだった。

収縮が強まると、彼は心ゆくまで初めての快感を嚙み締め、最後の一滴まで出し尽くしていった。そして徐々に突き上げを弱めていくと、

「アア……」

亜利沙も満足げに声を洩らし、肌の硬直を解いてグッタリともたれかかってきたのだった。

並男は美少女の重みと温もりを受け止め、まだ息づく膣内でヒクヒクと過敏に幹を震わせた。

「あう……」

亜利沙も敏感になっているように呻き、キュッときつく締め上げてきた。

彼は美少女の吐き出す果実臭の息を間近に嗅いで、うっとりと胸を満たしながら快感の余韻に浸り込んでいった。

「ああ、すごく良かった。こんな幸せな気持ちになれるなんて……」

身も心も童貞を卒業した並男は呟き、荒い呼吸を整えた。

亜利沙もそろそろと身を起こし、股間を引き離した。

「バスルームに行きましょう」

彼女が言い、ベッドを降りた。

並男も起き上がり、二人で全裸のまま階下へ行ってバスルームに入った。

初めて入った大豪邸の中を、裸で歩き回るのは爽快だった。

互いにシャワーの湯で全身を洗い流すと、もちろん並男はすぐにもムクムクと回復していった。

オナニーでさえ日に二度三度としていたのだから、こんな美少女と一晩過ごす以上何度でも出来そうだった。

「ね、オシッコしてみて」

床に座って言ってみると、亜利沙もすぐ立ち上がり、彼の顔に股間を突き付けてくれた。

「お爺さまと同じことを求めるのね」

彼女は言い、自ら片方の足を浮かせバスタブのふちに乗せて股を開いた。

別に彼の心に、竜介の趣味が残っているわけではなく、やはり男は誰でも常識的に美女のオシッコを求めるものなのだろう。

並男は割れ目に鼻と口を埋め、舌を挿し入れて蠢かせた。

悩ましい匂いの大部分は薄れてしまったが、新たな愛液が溢れて舌の動きがヌラヌラと滑らかになった。

「あう、出そう……」

亜利沙はすぐにも尿意を高めて言い、舐めている柔肉が迫り出すように盛り上がって味と温もりが変わった。そして間もなく、チョロチョロと熱い流れがほとばしり、彼は夢中で舌に受け止めた。

味と匂いは控えめで、飲み込むのも抵抗なかった。

しかし勢いが増すと口から溢れた分が温かく胸から腹に伝い流れ、すっかり勃起したペニスが心地よく浸された。

「アア……」

亜利沙は彼の頭に摑まって膝を震わせながら喘ぎ、ゆるゆると放尿していたが、やがてピークを越えると勢いが衰えて治まってしまった。

彼は残り香を貪りながら余りの雫をすすり、割れ目内部を舐め回した。

「も、もうダメ……」

感じてきた彼女が言って足を下ろし、椅子に座り込んでしまった。

二人はもう一度シャワーの湯を浴び、身体を拭いてまた全裸のまま二階へ上がっていった。

竜介の寝室は、まだ布団が用意されていないので、今夜は亜利沙のベッドで一緒に寝ることになりそうだ。

「すごい勃ってるわ。でも私は充分だし、このまま寝たいのでお口でもいい？」

添い寝しながら亜利沙が言う。

もちろん並男には願ってもないことで、彼は仰向けに身を投げ出した。すぐに彼女が移動してペニスに屈み込むと、ひんやり湿った髪が股間を覆った。

亜利沙が舌を這わせて先端を舐め、張り詰めた亀頭をくわえてスッポリと喉の奥まで呑み込んでくれた。

「ああ……」

並男は快感に喘ぎ、美少女の口の中でヒクヒクと幹を震わせた。

亜利沙も念入りに舌をからめ、生温かな唾液にたっぷり濡らしてから、小刻みに顔を上下させ、スポスポとリズミカルな摩擦を開始してくれた。

あえて指を使わないので、彼は美少女の唇と舌の感触だけを味わい、吸引と摩擦に高まっていった。

「こ、こっちを跨いで……」

言うと、亜利沙はペニスを咥えたまま身を反転させ、女上位のシックスナインで彼の顔に跨がってきた。

並男も下から割れ目に舌を這わせ、溢れる愛液をすすった。

「ンンッ……」

クリトリスを舐めると亜利沙が呻き、熱い鼻息で陰嚢をくすぐりながら可憐な尻をくねらせた。

「ダメ、集中できないわ……」

彼女が口を離して言うので、並男も舌を引っ込め、割れ目を見上げるだけにした。亜利沙も再び深々と呑み込んで強烈な摩擦を繰り返し、熱い息を彼の股間に籠もらせた。

並男は濡れて息づく割れ目を近々と見上げ、その上で可憐に収縮するピンクの肛門を観察しながら、再び絶頂に達していった。

「く……、気持ちいい、いく……！」

彼は大きな快感に貫かれて口走り、ありったけの熱いザーメンをドクンドクンと勢いよくほとばしらせた。

「ク……、ンン……」

喉の奥を直撃された亜利沙が呻き、なおも摩擦と吸引、舌の蠢きを続行してくれた。

並男は快感を噛み締め、最後の一滴まで絞り尽くすと、満足しながらグッタリと身を投げ出していった。ようやく亜利沙も動きを止め、亀頭を含んだまま口に溜まったザーメンをゴクリと飲み込んでくれた。

「あう……」

締まる口腔に刺激されて呻き、彼は駄目押しの快感に幹を震わせた。

亜利沙もチュパッと口を離して幹をしごき、尿道口に脹らむ余りの雫までペロペロと丁寧に舐め取ってくれた。

「あうう、も、もういい、ありがとう……」

並男は腰をよじらせて呻き、過敏にヒクヒクと幹を上下させた。

全て綺麗にすると、やっと亜利沙も顔を上げて移動し、添い寝しながら布団を掛けてくれた。

「ああ、幸せ……」

並男は甘えるように腕枕してもらい、美少女の温もりに包まれながら余韻を味わった。そして自分の肉体に戻れたことを実感しながら、さすがに疲れたか、そのまま亜利沙の胸で眠ってしまったのだった。

5

「もう落ち着いたかしら。寮の方は」

大家の比呂美からＬＩＮＥをもらい、並男は住んでいたアパートの裏にある中野家を訪ねていた。

「え、ええ……、急な引っ越しで済みませんでした」

比呂美には医療センターの寮に入ると竜介から聞いていたので、彼も何とか話を合わせることが出来た。

とにかく並男にとって大家の比呂美は、最も身近で、同年代の若妻として何かとオナニー妄想でお世話になってきた美女である。

すでにこの肉体で交わったというが、並男自身の感覚で触れられると思うと期待に激しく勃起してしまった。

「もうお部屋の不要物は全て処分したわ」

「お世話様でした。不足分の金額があれば」

「大丈夫よ。次の入居者も決まったし、あと二年住んでもらって取り壊す予定」

比呂美がソワソワして言う。赤ん坊も寝付いたところだし、早く欲求を解消したくて気が急いているのだろう。

「じゃ、脱ぎましょうか」

並男が我慢できずに言うと、比呂美は布団の敷かれている部屋に招き、すぐに彼女も脱ぎはじめた。

彼が手早く脱ぎ去って全裸になると、

「お尻の穴も良かったけど、今日は普通にしましょうね」

比呂美が脱ぎながら言うので、竜介とはアナルセックスまでしたのかと、彼は初めて知って興奮を高めた。

「それにシャワーを浴びない方が好きと言ったので、今も浴びていないわ」

彼女が言い、それは竜介も並男も常識的な意見だと思った。

比呂美も一糸まとわぬ姿になって仰向けになると、並男ものしかかって色づいた乳首に吸い付いていった。

「あう……、もうあまりお乳も出なくなっているわ、ごめんなさいね……」

クネクネと身悶えながら比呂美が言い、そうか、母乳まで飲んでいたのかと思い並男は激しく勃起した。

そういえば乳首を強く吸うと、うっすらと甘く生ぬるい母乳が滲んできた。

もう片方も含んで吸い、舌を濡らされながら彼は甘ったるい匂いに包まれた。

しかし飲むほどの量は出てこず、彼は両の乳首を味わってから腋の下に鼻を埋め込んでいった。

（うわ、色っぽい……）

柔らかな腋毛に感激し、彼は鼻を擦りつけて濃厚な汗の匂いに噎せ返った。

腋毛の感触は実に新鮮な感覚で、籠もる甘ったるい匂いも濃くてゾクゾクと興奮が高まった。

そして肌を舐め降り、腰から脚をたどっていくと脛毛も艶めかしく、いかにもケアしていないリアルな主婦といった感じだ。

足裏を舐め、指の股に鼻を割り込ませて嗅ぐと、ムレムレの匂いが濃く沁み付いていた。彼は嗅いでから爪先をしゃぶり、舌を挿し入れて汗と脂の湿り気を味わった。

「あう、くすぐったくて、いい気持ち……」

比呂美が悶えながら言い、彼は両脚とも味と匂いを貪り尽くしてから股を開かせ、脚の内側を舐め上げていった。

白くムッチリと量感ある内腿をたどり、熱気と湿り気の籠もる股間に迫ると、はみ出した陰唇はすでにヌラヌラと大量の愛液が溢れていた。

指で広げると、息づく膣口の襞には、母乳に似た白濁の粘液がまつわりつき、しかもクリトリスが親指の先ほどもある大きなものだった。

彼は夢中で顔を埋め込み、柔らかな恥毛に鼻を擦りつけて嗅ぎ、舌を挿し入れてヌメリを掻き回した。

隅々には生ぬるく蒸れた汗とオシッコの匂いが濃厚に籠もり、悩ましく鼻腔を刺激してきた。

大きなクリトリスを舐め上げ、乳首のようにチュッと吸い付くと、

「アア……、いいわ……！」

比呂美が声を上ずらせて喘ぎ、内腿でキュッと彼の顔を挟み付けてきた。

並男もチロチロと舌先で弾くように舐めては、新たに溢れる愛液をすすった。

さらに両脚を浮かせ、白く豊かな尻の谷間に迫ると、ピンクの蕾はレモンの先のように突き出た色っぽいものだ。

鼻を埋めて蒸れた微香を貪り、舌を這わせてヌルッと潜り込ませると、

「あう……！」

比呂美が呻き、肛門で舌先を締め付けてきた。

並男は淡く甘苦い粘膜を探り、ようやく脚を下ろして再びクリトリスに吸い付いていった。

「も、もうダメ、いきそうよ。今度は私が……」

すっかり高まった比呂美が言って身を起こし、彼も股間から這い出して入れ替わりに仰向けになった。

並男が股を開くと比呂美が腹這いになって顔を寄せ、彼の両脚を浮かせて尻の谷間を舐め回してくれた。

「あう……、気持ちいい……」

ヌルッと舌が潜り込むと彼は呻き、肛門でモグモグと美人妻の舌先を締め付けた。比呂美が内部で舌を蠢かせると、内側から刺激されたペニスがヒクヒクと上下に震えた。

やがて脚が下ろされると、比呂美が陰嚢をしゃぶり、さらに前進して肉棒の裏側を舐め上げてきた。先端まで来ると粘液の滲む尿道口を舐め回し、張り詰めた亀頭をくわえ、ゆっくりと喉の奥まで呑み込んでいった。

温かく濡れた美人妻の口腔にスッポリと包まれ、彼は唾液にまみれた幹を震わせながら快感を高めた。

「ンン……」

比呂美も熱く鼻を鳴らし、息で恥毛をくすぐりながら舌をからめ、幹を締め付けて吸い上げた。

「ああ、いきそう……」

たちまち高まった彼が口走ると、比呂美もすぐスポンと口を離して顔を上げ、前進して跨がってきた。

　先端に濡れた割れ目を押し当てると、脚をM字にしたままヌルヌルッとペニスを根元まで受け入れ、彼の顔の左右に両手を突いてのしかかるという、正にスパイダー騎乗位だ。

「アアッ……！」

　比呂美がピッタリと股間を密着させて喘ぎ、両膝を突いて身を重ねてきた。

　並男も肉襞の摩擦と潤い、温もりと締め付けに包まれながら快感を味わい、両膝を立てて尻を支え、下から両手でしがみついた。

「突いて、強く何度も奥まで……」

　比呂美が囁くなり、上から唇を重ねてきた。

　並男もズンズンと小刻みに股間を突き上げながら、舌をからめて注がれる生温かな唾液でうっとりと喉を潤した。

「ああ、いきそうよ……、もっと強く……」

　比呂美が口を離し、淫らに唾液の糸を引きながら熱く囁いた。自分も腰を遣うと、溢れる愛液にクチュクチュと摩擦音が響き、彼の股間まで生ぬるくビショビショにさせた。

彼女の吐息は花粉の甘さに、淡いオニオン臭が含まれ、嗅ぐたびに悩ましく鼻腔が刺激された。これもやはりリアルな主婦が、自然のままにしているときの匂いなのだろう。

「お乳飲みたい……」

股間を突き上げながらせがむと、彼女も胸を突き出して乳首をつまんでくれたが、やはりもうほんの少ししか滲んでこなかった。

「もう出ないようだわ」

「じゃ唾飲ませて」

「いいわ……」

彼が乳首の雫を舐めて言うと、比呂美もすぐに口をすぼめて迫り、白っぽく小泡の多い唾液をトロトロと吐き出してくれた。

舌に受けて味わい、生ぬるい粘液で喉を潤すと、歓喜に膣内のペニスがヒクヒクと震えた。

「あう、いい気持ち……」

比呂美が呻き、腰の動きを早めてきた。

「顔中ヌルヌルにして……」

しがみついて動きながら言うと、比呂美も彼の顔中に舌を這わせてくれた。それは舐めるというより、吐き出した唾液を舌で塗り付ける感じだ。

たちまち美人妻の唾液で顔中がヌルヌルにまみれ、彼は悩ましい吐息の匂いに高まっていった。

「い、いく……、気持ちいい……！」

並男は絶頂の快感に貫かれて口走り、熱いザーメンを勢いよくドクンドクンとほとばしらせてしまった。

「か、感じるわ。もっと……、アアーッ……！」

噴出を受け止めると同時に比呂美も声を上げ、オルガスムスのスイッチが入ったように収縮を強めてガクガクと狂おしく痙攣した。

並男は快感を噛み締めながら、摩擦の中で心置きなく最後の一滴まで出し尽くしていった。

すっかり満足しながら突き上げを弱めていくと、

「アア……、溶けてしまいそうよ……」

比呂美も肌の強ばりを解き、グッタリともたれかかりながら言った。

まだ名残惜しげな収縮が続き、刺激された幹がヒクヒクと内部で過敏に跳ね上

がると、

「あう、もうダメ、感じすぎるわ……」

比呂美も敏感になっているように呻き、遠慮なく体重を預けてきた。

彼は重みと温もりを受け止め、熱く濃厚な吐息を間近に嗅ぎながら、うっとりと快感の余韻を味わったのだった。

互いに荒い呼吸を混じらせていると、寝ていた赤ん坊がむずがりはじめた。

「ああ、今日はここまでだわ。また今度、ゆっくり時間が取れるときに来て」

比呂美が息を弾ませて囁き、彼が頷くと、やがてそろそろと身を起こして股間を引き離していったのだった。

第五章　上下サンドイッチ

1

「もう発作もなく、だいぶ調子は良いようだ」

翌日の昼過ぎ、並男が亜利沙と一緒に見舞いに行くと、竜介は言い、実際顔色も良かった。

「そうですか、良かったです」

「ああ、こんなことなら、もう少し長く入れ替わっておくんだった」

竜介が笑って言った。

「か、構いませんが……」

「ああ、冗談だ。もう良い。数日間、良い夢を見たのだからな」

彼は言い、少し並男もほっとしたのだった。

やがて見舞いを終えると、母娘が残り、並男は一人で病室を出た。

すると主治医のメガネ美女、慶子と行き合った。

「先にお帰り？　少しいいかしら」

レンズの奥の目をキラキラさせて囁かれると、たちまち並男も激しく淫気を湧かせてしまった。

彼女からしてみれば先日セックスした相手であり、まさか魂が入れ替わっているなどとは夢にも思っていないから、前の余韻のまま誘ってきたのだろう。

並男は胸をときめかせながら頷き、一緒にクリニックを出て彼女のマンションに向かった。

竜介からすれば全ての女性は年下の感覚だろうが、並男にとって慶子は十歳年上の、憧れの美人女医である。

マンションに入って夫婦の寝室に入ると、相当に欲求が溜まっていたように慶子が黙々と脱ぎはじめた。並男も脱いで全裸になり、シングルベッドの方に横たわり、枕に沁み付いた悩ましい匂いに興奮を高めた。

慶子は手早く一糸まとわぬ姿になると、全裸の上から白衣を羽織り、メガネは掛けたままにしてくれた。どうやら白衣とメガネは竜介が望んだものらしく、並男もその方が良いと思った。

「してほしいことある？　何でも言って」

慶子がベッドに上がりながら言うと、並男も期待に胸をときめかせた。

「顔に足を乗せて……」

「いいわ」

羞恥に声を震わせて恐る恐る言うと、慶子はあっさり頷いてくれた。これも、どうやら竜介との行為で少々のことには抵抗を感じなくなっており、そして竜介と並男の趣味が似ているのだろう。

彼女は仰向けになっている並男の顔の横にスックと立ち、

「こう？」

言いながらそろそろと片方の足を浮かせ、壁に手を突いて身体を支えながら、そっと足裏を彼の顔に押し付けてくれた。

見上げると、羽織っただけの白衣が開いて巨乳が覗き、裾がめくれて股間の翳りが見えた。

足裏の感触を顔で感じながら、彼は舌を這わせ、形良く揃った指の間に鼻を押し付けて嗅ぐと、汗と脂の湿り気が蒸れた匂いを放って悩ましく鼻腔を刺激してきた。

匂いに酔いしれながら爪先にしゃぶり付き、綺麗な爪を舐め、全ての指の股にヌルッと舌を割り込ませて味わうと、

「あう、くすぐったい……」

慶子が脚を震わせて呻き、思わずギュッと踏みつけてきた。

しゃぶり尽くすと足を交代してもらい、彼はそちらの味と匂いも心ゆくまで吸収したのだった。

「跨いで……」

口を離して下から言うと、慶子もすぐに彼の顔の左右に足を置き、和式トイレスタイルでゆっくりしゃがみ込んでくれた。

白衣の裾がめくれ、スラリとした脚がM字になってムッチリと張り詰め、熟れた割れ目が鼻先に迫ってきた。はみ出した陰唇はヌラヌラと愛液に潤い、彼の顔中を熱気と湿り気が包み込んだ。

恥毛の丘に鼻を埋めて嗅ぐと、柔らかな感触とともに、蒸れた汗とオシッコの

匂いが悩ましく鼻腔を刺激してきた。

舌を挿し入れて膣口の襞を掻き回すと、溢れる愛液ですぐにも動きが滑らかになり、淡い酸味のヌメリが伝わってきた。

柔肉をたどってクリトリスまで舐め上げていくと、

「アアッ……！」

慶子が熱く喘ぎ、新たな愛液をトロトロと漏らしてきた。

彼は味と匂いを堪能してから、白く丸い尻の真下に潜り込んでいった。

ひんやりした双丘を顔中に受け止め、谷間の蕾に籠もる蒸れた匂いを嗅いでから、舌を這わせてヌルッと潜り込ませると、

「く……」

慶子が呻き、キュッときつく肛門で舌先を締め付けてきた。

並男は滑らかな粘膜を探り、充分に舌を蠢かせてから、再び割れ目に戻って大洪水のヌメリをすすり、クリトリスに吸い付いた。

「も、もういいわ……」

すっかり高まった慶子が言って股間を浮かせ、彼の上を移動していった。

そして貪るように、屹立したペニスにしゃぶり付き、張り詰めた亀頭を吸いな

がらスッポリと喉の奥まで呑み込んだ。

「ああ……」

並男は快感に喘ぎ、美人女医の口の中でヒクヒクと幹を震わせた。

慶子は幹を丸く締め付けて吸い、熱い息を股間に籠もらせながらクチュクチュと念入りに舌をからませてくれた。

股間を見ると、白衣のメガネ美女が夢中になって自分の快楽の中心を貪っている。こんな艶めかしい現実がまだ信じられず、並男は心地よい夢の中にいるようだった。

やがて慶子は待ち切れないように、充分にペニスを唾液に濡らすとスポンと口を離して顔を上げ、

「いい？　入れるわね」

言いながら前進して彼の股間に跨がった。

幹に指を添えて先端に割れ目を押し付け、ヌメリを与え合いながら動かして位置を定めると、彼女は息を詰めてゆっくり腰を沈み込ませた。

たちまち彼自身は、ヌルヌルッと滑らかな肉襞の摩擦を受け、根元まで完全に呑み込まれていった。

ていった。

「アアッ……、いい……！」

座り込んで股間を密着させると、慶子が顔を仰け反らせて喘いだ。

並男もキュッと締め付けられ、温もりと潤いを感じながら急激に絶頂を迫らせていった。

彼女が身を重ねてきたので、並男は顔を上げてチュッと乳首に吸い付き、舌で転がしながら顔中に密着する膨らみを味わった。

左右の乳首を交互に含んで舐め回し、さらに乱れた白衣の中に潜り込み、腋の下に鼻を埋めて生ぬるく甘ったるい汗の匂いに噎せ返った。

すると慶子が徐々に股間を擦り付けるように動きはじめ、柔らかな恥毛とコリコリする恥骨の感触が伝わってきた。

そして彼も下から両手でしがみつき、合わせて股間を突き上げはじめると、慶子が上からピッタリと唇を重ねてきたのだ。

舌が蠢いてチロチロとからまり、彼は滑らかな舌を味わいながら、注がれる生ぬるい唾液でうっとりと喉を潤した。

「ああ……、すごくいいわ、いきそうよ……」

慶子が口を離して喘ぎ、膣内の収縮を活発にさせていった。

美人女医の吐息は熱く湿り気を含み、甘い花粉臭に混じり、ほんのりとガーリック臭も感じられて鼻腔を刺激してきた。

「あ、お昼のパスタの匂いが残っているかも……」

「ううん、すごくいい匂い」

並男は美女の刺激臭という一種のギャップ萌えに高まりながら答え、突き上げを強めていった。

ピチャクチャと淫らに湿った音が聞こえて動きが滑らかになり、溢れた愛液が生ぬるく彼の肛門の方にまで伝い流れてきた。

「息を嗅ぎながらいきたい……」

「いいわ、嫌でないのなら」

「じゃ下の歯を僕の鼻の下に引っかけて、出来ればゲップもしてみて」

興奮しながらせがむと、慶子も口を開き、下の歯並びを彼の鼻の下に当ててくれた。鼻全体がスッポリと美女の口腔に覆われ、甘い刺激臭とともに、下の歯の裏側の淡いプラーク臭まで悩ましく鼻腔を刺激してきた。

「アア……」

慶子も動きを早めて喘ぎ、惜しみなく熱い息を吐きかけてくれた。

そして何度か空気を呑み込んでから、ケフッと小さなおくびを洩らし、ほんのり生臭い吐息を吐き出した。

(ああ、美女の胃の中の匂い……)

並男は刺激臭で鼻腔を満たしながら思い、とうとう激しい絶頂の快感に全身を貫かれてしまったのだった。

2

「い、いく……、気持ちいい……!」

並男が口走り、激しく股間を突き上げながら肉襞の摩擦の中、熱い大量のザーメンをドクンドクンと勢いよくほとばしらせた。

「あう、感じる……、アアーッ……!」

噴出を受け止めると同時に慶子が声を上ずらせ、ガクガクと狂おしいオルガスムスの痙攣を開始した。

膣内の収縮が最高潮になり、中に放たれたザーメンを飲み込むようにキュッキュッときつく締め上げられた。

並男は快感に身悶えながら懸命に股間を突き上げ、心置きなく最後の一滴まで出し尽くしてしまった。

すっかり満足しながら徐々に動きを弱めていくと、

「ああ……」

慶子も喘ぎ、いつしか肌の硬直を解いてグッタリともたれかかってきた。

息づく膣内で射精直後のペニスがヒクヒクと過敏に跳ね上がると、

「も、もう動かないで……」

彼女も感じすぎるように言い、キュッときつく締め付けた。

並男は美人女医の濃厚な吐息を嗅いで胸を満たしながら、うっとりと快感の余韻を味わった。

やがて呼吸を整えると慶子が身を起こし、そろそろと股間を引き離した。

「このままバスルームに行きましょう」

言ってメガネを外し白衣を脱ぎながらベッドを降りたので、並男も起きて一緒に寝室を出た。

バスルームでシャワーの湯を浴びると、もちろん彼は美人女医の濡れた肌を見てムクムクと回復してきてしまった。

「ね、オシッコしてみて……」

「いいわ」

思いきって言うと、すんなり慶子が頷いたので、どうやらこの行為も竜介がしていたようだ。

床に座って目の前に慶子を立たせると、彼女は自分から片方の足を浮かせてバスタブのふちに置き、股間を開いてくれた。

並男は顔を埋め、すっかり薄れた体臭を貪りながら舌を這わせると、すぐにも柔肉が迫り出すように盛り上がり、温もりと味わいが変化してきた。

「あう、出るわ……」

慶子が言うなりチョロチョロと熱い流れがほとばしり、彼は舌に受けて味わいながら喉に流し込んだ。味も匂いも淡く控えめだが、勢いがつくと口から溢れた分が温かく肌を伝い流れた。

流れはすぐに治まり、彼女は足を下ろすともう一度二人でシャワーを浴び、身体を拭いてベッドに戻った。

「もう回復しているのね。さすがに若いわ」

勃起したペニスを見て慶子が言い、やんわりと握ってくれた。

「ああ、気持ちいい……」

並男は快感に喘ぎ、白衣のさっきと違って全裸で、しかもメガネを外した素顔が美しく、新鮮な興奮を得ながらヒクヒクと幹を震わせた。

「私はまたクリニックへ戻らないといけないから、お口でいい？」

「お、お願いします……」

甘い囁きに答えると、彼女は身を起こして大股開きにさせた股間に移動した。

そしてオッパイの谷間にペニスを挟んで両側から揉み、屈み込んでチロチロと先端を舐め回してくれた。

「アア……」

並男は腰をくねらせて喘ぎ、滑らかな舌の蠢きと、人肌の膨らみに挟まれて急激に高まった。慶子はそのまま丸く開いた口でスッポリと喉の奥まで呑み込み、舌をからめながら熱い息を股間に籠もらせた。

深く含むとパイズリは離れたが、彼女は指先でサワサワと微妙に陰嚢をくすぐってくれた。

彼が快感に任せてズンズンと股間を突き上げると、

「ンン……」

喉の奥を突かれた慶子が呻き、合わせて顔を上下させ、濡れた口でスポスポとリズミカルな摩擦を繰り返してくれた。

たっぷりと唾液が溢れてペニス全体が温かく浸され、彼は摩擦と吸引、舌の蠢きと股間の眺めで、あっという間に昇り詰めてしまった。

「い、いく……！」

並男が口走り、快感に貫かれながらありったけのザーメンを勢いよくほとばしらせると、同時に慶子が頬をすぼめてチューーッと強く吸い出してくれたのだ。

「あうう、すごい……」

何やらまた魂でも抜かれるような快感に、彼は腰を浮かせて呻いた。

大きな快感の中、たちまち最後の一滴まで吸い取られると、彼は力を抜いてグッタリと身を投げ出した。

すると慶子も動きを止め、亀頭を含んだまま口に溜まったザーメンをゴクリと一息に飲み込んでくれた。

「く……」

締まる口腔の刺激で、彼は駄目押しの快感に呻いた。

ようやく慶子が口を離し、なおも幹をしごいて尿道口に滲む余りの雫までペロペロと丁寧に舐め取ってくれた。

「も、もういいです……、ありがとうございます……」

並男はクネクネと過敏に腰をよじりながら言い、慶子もやっと舌を引っ込めて彼の呼吸が整うまで添い寝してくれたのだった。

並男は美女の温もりと匂いに包まれながら荒い呼吸を繰り返し、うっとりと余韻を味わったのだった。

3

「会って欲しい人がいるのだけど、いいかしら」

朝、並男が起きてリビングに行くなり、スマホを切った亜利沙が言った。

「うん、誰？」

「私の大学の先輩で、三田小夜子(みたさよこ)さんという神社の娘さん」

亜利沙が言う。話では小夜子は四年生の二十二歳で、仲良しとのことだった。

「構わないよ」

「私が婚約したので見に来たいって。小夜子さんも、超能力者のように感性が鋭たものらしい。では、小夜子は本物の巫女なのだろう。
「へえ……」
並男は興味が湧いた。話では、亜利沙の巫女の衣装も、小夜子が手配してくれ
い人よ」

亜利沙はすぐに返信をし、すぐに来るということだった。

並男は手早く朝食を済ませ、習慣になっている朝風呂と歯磨きを終えた。

そして彼が着替えると間もなく、バイクの音が近づいてきて止まり、亜利沙が迎えに出た。

窓から見ると、巫女のイメージはなく原付で来た活発そうな子ではないか。

ヘルメットを脱ぐとポニーテールだ。

すぐに玄関から入ってきた小夜子を正面から見ると、なるほど、切れ長の目が吊り上がり色白でソバカス、どこか普通ではない雰囲気で、クラスに一人はいる不思議ちゃんといった感じだった。

「三田小夜子です」

「あ、平井、ではなく天城並男です」

彼が答えると、小夜子は上がり込み、亜利沙の案内で二階の彼女の部屋に三人

で入った。

並男が椅子に座り、女子大生二人はベッドに並んで腰を下ろした。すでに何度か小夜子も遊びに来ていたらしい。

その小夜子が、じっと彼を見つめている。

「亜利沙の婚約者にしては、平凡すぎてガッカリしたでしょう」

並男が視線を眩しく感じながら言うと、小夜子が首を横に振った。

「平凡だなんて、とんでもないわ。やっぱり、亜利沙が選んだだけのことはあります」

小夜子が言った。あるいは絶大な力を持つ亜利沙の体液を吸収したり、替魂法などの体験を経ているから、並男も徐々に普通ではないオーラが滲みはじめているのかも知れない。

「私とも、してくれますか？　亜利沙の処女を奪ったように」

小夜子が言い、並男は驚いた。

「そ、それは、亜利沙が良いと言うなら……」

「私は構わないわ。三人でしたいと思っているの」

彼が戸惑いながら言うと、欲も執着もない亜利沙が言った。

「じゃ、小夜子さんも、処女……？」

「ええ、自分ですることはあるけど、男を受け入れたことはないわ。間もなく卒業で、巫女も辞めるので在学中に経験したかったから」

小夜子が、さすがに緊張と興奮に色白の頰を紅潮させて答えた。

してみると、二十二歳の処女を相手に出来るのだ。

亜利沙の処女を奪ったのは正確には竜介の魂であるから、並男は初めて自分の身体と心で処女が味わえるのだった。

「じゃ脱ぎましょう」

亜利沙が言ってブラウスのボタンを外しはじめると、小夜子もためらいなく脱ぎはじめた。

並男は急激な興奮に目眩を起こすような感覚で、自分も脱いでいった。

もちろん期待に激しく勃起し、先に全裸になった彼はベッドに横たわり、枕に沁み付いた亜利沙の匂いに酔いしれた。

二人もたちまち一糸まとわぬ姿になると、小夜子はほっそりとしていたが乳房も尻も艶めかしい丸みを帯びていた。

「好きにさせてね。小夜子さんが男を観察するので」

亜利沙が言い、二人は彼の左右から迫ってきた。

「まず味わってみたいわ。肝心なところは最後」

小夜子が冷静に言って屈み込み、彼の左の乳首にチュッと吸い付いてきた。

すると亜利沙が、右の乳首に吸い付き、二人は熱い息で肌をくすぐりながらチロチロと舐め回してくれた。

「あう……」

並男は二人がかりで両の乳首を舐められ、妖しい快感に呻きながらクネクネと悶えた。

「か、噛んで……」

受け身になってせがむと、二人も厭わず綺麗な歯並びで左右の乳首をキュッキュッと噛んでくれた。

「あう、気持ちいい、もっと強く……」

並男は甘美な刺激に身悶えながら呻き、二人もやや力を込めて歯を立ててくれた。そして肌を舐め降り、小夜子が舌先で臍を探り、二人で腰から脚を舐め降りていったのだった。

まるで日頃、彼が女性にしている愛撫の順序である。

しかも二人は舐めながら、ときにキュッと歯を食い込ませてくれるので、その非対称の刺激に勃起したペニスがヒクヒク震えた。

二人いるので刺激の予想もつかず、まるで美女たちに食べられているような興奮が湧いた。

足首まで下りると、二人は申し合わせたように彼の両の足裏にも舌を這わせ、さらに爪先にまでしゃぶり付いてきたのだ。

「あう、いいよ、そんなこと……」

指の股に順々に、美しい女子大生たちの舌が割り込んでくると、並男はビクリと反応しながら、申し訳ない快感に悶えた。

二人も厭わず全ての指の間に舌を潜り込ませて吸い付き、彼は生温かなヌカルミでも踏んでいるような心地だった。

やがてしゃぶり尽くすと、二人は彼を大股開きにさせて左右の脚の内側を舐め上げ、内腿にもモグモグと歯を立ててきた。

「あう……！」

甘美な刺激に呻きながら、彼は勃起した肉棒の先端から先走り液を滲ませた。

そして二人は頬を寄せ合いながら、彼の股間に迫ってきた。

すると小夜子が彼の両脚を浮かせ、先に尻の谷間を舐め回した。

「く……!」

ヌルッと舌が潜り込むと、並男は妖しい快感に呻き、美女の舌先を肛門でキュッと締め付けた。小夜子も熱い鼻息で陰嚢をくすぐりながら、内部で舌を蠢かせると、操られるようにペニスがヒクヒクと上下した。

小夜子が舌を引き抜くと、すぐに亜利沙も舌を這わせて潜り込ませ、彼は立て続けに、微妙に異なる舌の感触と蠢きを味わった。

ようやく脚が下ろされると、今度は二人同時に陰嚢にしゃぶり付き、それぞれの睾丸を舌で転がし、混じり合った唾液が袋全体を生温かく濡らした。

互いの舌が触れ合っても一向に構わない様子なので、あるいは今まで女同士でレズごっこの戯れぐらいしていたのかも知れない。

二人分の熱い吐息を股間に籠もらせながら、彼は思った。

そして陰嚢をしゃぶり尽くすと、いよいよ二人は顔を進め、肉棒の裏側と側面をゆっくり舐め上げてきたのだ。

ダブルフェラに、並男は激しく高まりながら、懸命に肛門を引き締めて暴発を堪えた。

二人は味わいながら先端まで来ると、交互に粘液の滲む尿道口をチロチロと舐め、同時に張り詰めた亀頭にしゃぶり付いた。

まるで美しい姉妹が一本のキャンディを舐めているような、あるいは女同士のディープキスにペニスが割り込んでいるようだった。

「ああ、これが男性なのね……」

小夜子がしみじみと言って熱い視線を注ぎ、先に処女だが年上の彼女がスッポリとペニスを喉の奥まで呑み込んでいった。幹を締め付けて吸い、口の中では満遍なく舌がからみついてペニスを刺激してきた。

「ああ、気持ちいい……」

並男はガクガクと全身を震わせて喘ぎ、やがて小夜子がスポンと口を離すと、すぐに亜利沙が深々と呑み込んで吸い、舌を蠢かせた。

「い、いきそう……」

並男は急激に絶頂を迫らせて口走ると、亜利沙がチュパッと口を離し、

「いいわ、一度出して落ち着いて」

言うと、今度は二人で亀頭を舐め回してきた。

どうせ亜利沙が力をくれれば何度でも回復するし、それでなくても美しい女子

大生が二人がかりなのだから無限に出来そうだった。

二人が何度か交互に亀頭を吸ううち、とうとう並男は大きく激しい絶頂の快感に全身を貫かれてしまった。

「い、いく……、アアッ……！」

身を反らせて喘ぐと同時に、熱い大量のザーメンがドクンドクンと勢いよくほとばしり、ちょうど含んでいた小夜子の喉の奥を直撃した。

「ンンッ……」

小夜子が呻き、並男は処女の口を汚すという禁断の快感を味わった。

噎せそうになった小夜子が口を離すと、すかさず亜利沙が先端をくわえて余りのザーメンを吸い出してくれた。

「あうう、気持ちいい……」

並男は呻きながら快感を噛み締め、最後の一滴まで絞り尽くした。

そして満足してグッタリ身を投げ出すと、亜利沙も飲み込んでから口を離し、なおも幹をしごいて余りを絞った。

白濁の粘液の滲む尿道口を亜利沙が舐め回すと、小夜子も割り込むように舌を這わせてきた。もちろん濃厚な第一撃は飲み込んでくれたようだ。

「く……、も、もういい……」

並男はヒクヒクと過敏に幹を震わせながら呻き、降参して腰をよじった。

ようやく二人も全てペニスを綺麗にして顔を上げた。

「これが、生きている人の種……」

小夜子がチロリと舌なめずりしながら言い、特に嫌ではなさそうだ。

彼は二人を見上げながら息を弾ませ、余韻を味わったのだった。

4

「じゃ回復するまで、何をしてほしいか言って」

亜利沙が言い、そんな言葉と二人の美しい顔を見ているだけで並男はムクムクと回復しそうになっていた。

「じゃ、顔に足を乗せて」

「いいわ」

言うと亜利沙が答え、小夜子を促しながら起き上がり、並男の顔の左右に立った。そして彼の上で二人は体を支え合いながら、そろそろと片方の足を浮かせ、同時に顔に乗せてきてくれた。

「アア、いいのかしら、亜利沙の婚約者を踏むなんて……」

小夜子が脚をガクガク震わせながら言い、彼は二人の真下からの眺めにすっかり興奮を甦らせていた。

小夜子は実にプロポーションが良く、巫女姿も似合うだろうと思えた。脚が長く、意外に乳房も尻も豊かで張りがありそうだ。

そして彼は二人分の足裏を顔に受け止め、舌を這わせながらそれぞれの指の間に鼻を割り込ませて嗅いだ。

二人とも指の股は生ぬるい汗と脂に湿り、ムレムレの匂いが濃く沁み付いていた。しかし似ているようで蒸れた匂いは微妙に異なり、その違いにも彼は興奮を高めた。

違う匂いを同時に嗅げるというのは、何とも贅沢なものである。

充分に二人の足指を嗅いでからしゃぶり、順々に指の股を舐め回した。

「アアッ……！」

小夜子が喘ぎ、さらに彼は足を交代させ、女子大生たちの新鮮な味と匂いを貪り尽くした。

「じゃ跨いで」

「亜利沙が先に」

下から彼が言うと、小夜子は手本を示すよう亜利沙を促した。

亜利沙もすぐに並男の顔に跨がりしゃがみ込み、ぷっくりと丸みを帯びた割れ目を鼻先に迫らせてきた。

彼も下から腰を抱き寄せ、柔らかな若草に鼻を埋め込み、汗とオシッコの匂いを嗅ぎながら舌を挿し入れると、亜利沙も相当に濡れていた。

ヌメリを味わい膣口からクリトリスまで舐め上げると、

「あん、いい気持ち……」

彼女が可憐に声を弾ませた。それを小夜子が、目をキラキラさせて覗き込んでいる。

さらに尻の真下に潜り込み、顔中にひんやりした双丘を受け止めながら蕾に鼻を埋め、蒸れた微香を嗅いでから舌を這わせ、ヌルッと潜り込ませて滑らかな粘膜を味わった。

「あう……」

亜利沙が呻き、キュッと肛門で舌先を締め付けると、

「すごいわ、あんなところまで舐めてもらって……」

小夜子が、自分も並男の尻を舐めたくせに、期待に声を震わせて言った。並男にしてみれば、亜利沙とはこれからずっと共に暮らすのだから、内心は早く小夜子を味わいたかった。

そして亜利沙の前も後ろも、味と匂いを堪能する頃にはすっかりペニスもピンピンに突き立ち、元の硬さと大きさを取り戻していた。

やがて亜利沙が股間を離して場所を空けると、小夜子も緊張に息を震わせながら跨がり、和式トイレスタイルでしゃがみ込んできた。

「アア、恥ずかしいわ……」

言いながら股間を並男の鼻先に迫らせると、彼の顔の左右で長い脚がM字になり、ムッチリと量感を増して張り詰めた。

丘の恥毛は楚々として淡く煙り、割れ目からはみ出す花びらはさすがに清らかな薄桃色で小振りだった。

指を当てて陰唇を左右に広げると、中の柔肉はヌラヌラと潤い、奥では処女の膣口が息づき、クリトリスは意外に大きめで、男の亀頭をミニチュアにした感じでツンと突き立って光沢を放っていた。

腰を抱き寄せ、恥毛に鼻を擦りつけて嗅ぐと、やはり甘ったるく蒸れた汗の匂いに、ほのかな残尿臭と、処女らしい恥垢のチーズ臭が淡い刺激を含んで鼻腔を掻き回してきた。

胸を満たしながら中の柔肉を舐め回すと、淡い酸味のヌメリが舌の動きを滑らかにさせた。膣口で息づく花弁状の襞を掻き回し、大きめのクリトリスまで舐め上げていくと、

「アアッ……、いい気持ち……」

小夜子がビクッと反応して喘ぎ、思わず座り込みそうになりながら懸命に両足を踏ん張った。

チロチロとクリトリスを舐めると、ヌラヌラと清らかな蜜が漏れてきた。

それをすすってから彼は、小夜子の尻の真下に潜り込んだ。そんな様子を、嫉妬するでもなく亜利沙が熱心に見守っていた。

顔中に双丘を受け止め、谷間の可憐な蕾に鼻を埋めて嗅ぐと、やはり蒸れた汗の匂いが籠もり、鼻腔を刺激してきた。

充分に嗅いでから舌を這わせ、細かに収縮する襞を濡らし、ヌルッと潜り込ませて滑らかな粘膜を探った。

「あう……、変な気持ち……」

小夜子がキュッと肛門で舌先を締め付けて呻き、彼は舌を蠢かせて甘苦い微妙な味覚を堪能した。

やがて前も後ろも舐め尽くすと、小夜子はすっかり息を弾ませて股間を引き離した。

「じゃ、亜利沙が先に入れて見せて……」

小夜子が傍らに横になって言うと、亜利沙は回復したペニスをしゃぶって唾液に濡らし、口を離して前進してきた。そして彼の股間に跨がり、割れ目を押し当てながらゆっくり亀頭を膣口に受け入れていった。

たちまち屹立した肉棒が、ヌルヌルッと滑らかに根元まで潜り込むと、

「アアッ……！」

亜利沙が顔を仰け反らせて喘ぎ、脚をM字にさせたまま両手を彼の胸に突っ張り、すぐにも腰を上下させはじめた。

溢れる蜜に動きが滑らかになり、クチュクチュと湿った摩擦音が響くと、小夜子は目を見張ってじっと身を強ばらせていた。

「い、いっちゃう……、アアーッ……！」

いくらも動かないうち亜利沙が声を上ずらせ、ガクガクと痙攣を開始した。

どうやら小夜子が待っているし、気持ち良いところを見せようと自らコントロールし、早い絶頂を迎えたようだ。

並男も、さっき口に出したばかりだから、亜利沙の摩擦快感に暴発することもなく、彼女がグッタリとなるまで漏らさずに済んだ。

「ああ、良かったわ……」

亜利沙が力を抜いて言い、すぐに股間を引き離してゴロリと横になった。

すると小夜子も覚悟を決めて跨がり、亜利沙の愛液に濡れて淫らに湯気の立つ先端に割れ目を押し当ててきた。

そして自ら指で陰唇を広げ、ゆっくり腰を沈めて亀頭を膣口に受け入れていったのだった。

「あう……！」

張り詰めた亀頭が処女膜を丸く押し広げて潜り込むと、小夜子が破瓜の痛みに眉をひそめて呻いた。

しかしヌメリと重みで、そのままヌルヌルッと滑らかに根元まで嵌め込み、ピッタリと股間を密着させてきた。

「い、いた……、亜利沙、力が欲しいわ……」

二十二歳になっても、やはり初回は痛いようで、小夜子が言った。

すると余韻に浸っていた亜利沙が起き上がり、小夜子に唇を重ね、どうやらトロトロと唾液を注ぎ込んでいるようだ。

小夜子も、亜利沙の不思議な力を見抜き、たまに女同士でキスして唾液を吸収し、力をもらっていたようだった。

小夜子の白い喉がコクンと鳴ると、亜利沙は口を離して再び添い寝した。

それで痛みが和らいだように、小夜子は座り込んだままゆっくりと身を重ねてきた。

並男は両膝を立てて尻を支え、下から両手を回して抱き留めた。

そして潜り込むようにしてピンクの乳首を含んで舐め回し、甘い汗の匂いと柔らかな膨らみを味わった。

さらに隣の亜利沙も抱き寄せて乳首に吸い付き、彼は平等に二人の乳首を順々に愛撫し、それぞれの腋の下にも鼻を埋めて嗅ぎ、生ぬるく甘ったるい汗の匂いに噎せ返った。

興奮に任せ、ズンズンと小刻みに股間を突き上げはじめると、

「アア……」

小夜子が喘ぎ、きつい膣内をさらにキュッと締め上げてきた。それでも愛液の量が豊富なので、すぐにも律動はヌラヌラと滑らかになった。

「大丈夫?」

「ええ、何だか気持ちいい……」

気遣って囁くと、小夜子も自身の奥に芽生えた快感を探りはじめたようだ。

並男も、いったん動くとあまりの快感に突き上げが止まらなくなり、さらに二人の顔を引き寄せて三人同時に唇を重ねた。

「ンン……」

二人は熱く鼻を鳴らし、厭わず舌をからめてくれた。

二人分の吐息で顔中と鼻腔が湿り、彼はそれぞれ滑らかに蠢く舌の感触と唾液のヌメリに高まってきた。

突き上げを強めていくと、

「アア……、感じる、奥が熱いわ……」

小夜子が口を離して喘ぎ、並男は彼女の吐き出す熱い息を嗅いで酔いしれた。

シナモンに似た匂いで、それが横にいる亜利沙の甘酸っぱい果実臭の吐息と混じり、悩ましく鼻腔が刺激された。

「唾を出して……」

絶頂を迫らせながらせがむと、また亜利沙が手本を示すように愛らしい唇をすぼめ、白っぽく小泡の多い唾液をトロトロと彼の口に吐き出してくれた。

すると小夜子も興奮に任せ、同じようにクチュッと垂らしてくれた。

彼は舌に受けてミックス唾液を味わい、生ぬるい粘液でうっとりと喉を潤して酔いしれた。

「顔中にも吐きかけてヌルヌルにして……」

言うと、また亜利沙が遠慮なくペッと彼の顔に唾液を吐きかけ、舌で顔中を舐め回してくれた。すると小夜子も同じようにし、彼は混じり合った唾液で顔中まみれながら、二人分の匂いに包まれた。

ペニスの方も肉襞の摩擦と締め付けに刺激され、いよいよ限界だった。

並男は二人の口に鼻を擦りつけ、混じり合った唾液と吐息の悩ましい匂いに包まれながら、とうとう昇り詰めてしまった。

「い、いく、気持ちいい……!」

絶頂の快感に口走り、ありったけの熱いザーメンをドクンドクンと勢いよく処

女の奥にほとばしらせると、

「あう、気持ちいいわ……、アアーッ……！」

噴出を感じた途端にスイッチが入ったように、小夜子も激しく喘ぎ、ガクガクと狂おしいオルガスムスの経験を開始したのだった。

並男は心ゆくまで快感を味わい、最後の一滴まで出し切ると、すっかり満足しながら力を抜いていったのだった。

5

「じゃ、こうして左右に立って……」

バスルームに三人、体を洗い流してから並男は床に座り、亜利沙と小夜子に言った。二人も素直に立ち上がって彼の左右の肩を跨ぎ、顔に股間を突き出してくれた。

並男はまたムクムクと回復しながらそれぞれの太腿を抱き、左右の割れ目を交互に舐めた。恥毛に籠もる匂いは薄れてしまったが、二人とも新たな愛液を漏らして舌の蠢きが滑らかになった。

「じゃオシッコ出してね」

言うと亜利沙はすぐにも息を詰め、尿意を高めはじめたが、小夜子の方もそれほど驚かず、下腹に力を入れはじめてくれた。

やはり感性が普通の女の子とは違い、亜利沙と一緒なら何でも受け入れてしまうのかも知れない。

「あう、出る……」

やはり先に亜利沙が言い、チョロチョロと熱い流れを漏らしてきた。

それを舌に受けて味わい、うっとりと喉を潤した。するといくらも待たないうちに、

「く……」

小夜子が呻いたので顔を向け、割れ目内部を舐め回すと柔肉が蠢き、味わいが変わって流れがほとばしってきた。

味も匂いも控えめで、実に清らかな流れだった。彼は口に受けて飲み込み、その間は亜利沙の流れが温かく肌を濡らしていた。

並男は交互に二人の割れ目を舐め、二人分の聖水を浴びるという何とも贅沢な悦びの中、いつしかペニスも完全に勃起していた。

間もなく二人とも流れが治まり、彼は顔を左右に向けて滴る雫をすすり、残り香の中でそれぞれの割れ目を舐め回した。

「あん、ダメ、感じる……」

亜利沙が喘いで股間を引き離し、小夜子もビクリと反応して椅子に座り込んでしまった。

やがて三人でもう一度シャワーを浴び、身体を拭いて全裸のままベッドに戻っていった。もちろん並男は、美女が二人もいるのだから、もう一回射精しなければ興奮が治まらなかった。

すると小夜子が仰向けになり、身を投げ出して言った。

「もう一度お願い。今度は下になりたいわ。亜利沙はいつでも出来るのだから構わないでしょう?」

「ええ、構わないわ」

亜利沙も快く答え、まずは回復している彼のペニスにしゃぶり付き、唾液のヌメリを与えてくれた。

並男は充分に硬度を取り戻し、亜利沙も唾液にまみれると口を離した。

そして彼は小夜子の開かれた脚の間に股間を進め、正常位で先端を割れ目に擦り付けた。

すでに小夜子も愛液が大洪水になっており、すぐにも彼は膣口に亀頭を潜り込ませていった。ヌルヌルッと滑らかに根元まで潜り込ませると、

「アアッ……！」

小夜子が顔を仰け反らせて喘ぎ、両手で並男を抱き寄せてきた。

彼が脚を伸ばして身を重ねると、胸の下で乳房が心地よく押し潰れて弾んだ。

並男は肉襞の摩擦と締め付けに包まれ、徐々に腰を動かして快感を味わいはじめた。

すると後ろから亜利沙が顔を寄せ、彼の尻の谷間を舐め回してくれたのだ。

「あう……」

並男は唐突な快感に呻き、ヌルッと潜り込んだ亜利沙の舌を肛門で締め付け、連動するように小夜子の膣内の幹を震わせた。

小夜子も下から両手を回してしがみつき、ズンズンと動きを合わせて股間を突き上げはじめた。

立て続けの二度目だというのに、とても処女を失ったばかりとは思えず、余程初回の快感が大きかったのだろう。

亜利沙も懸命に合わせて舌を出し入れさせてくれ、やがて舌を引き離すと揺れる陰嚢にもしゃぶり付いてくれた。

さらに亜利沙は彼の背にのしかかり、背中に乳房を押し付け、尾てい骨辺りにコリコリと恥骨の膨らみを擦り付けてきた。

「ああ……」

彼は二人の女子大生から上下にサンドイッチにされ、温もりと快感に喘いだ。

胸と背にそれぞれの乳房が密着し、腰には亜利沙の恥毛と恥骨を感じながら、小夜子の膣内の蠢きと摩擦に包まれたのだ。

しかも亜利沙は彼の耳を舐め、ときにキュッと歯を立ててきた。

肩越しに感じる亜利沙の甘酸っぱい吐息と、下から息づく小夜子のシナモン臭に包まれ、並男は次第に股間をぶつけるように腰を突き動かした。

亜利沙も、さすがに超常能力で彼にあまり重みをかけず、動きに支障がないよう調整してくれていた。

次第に膣内の収縮が高まり、溢れる愛液が動きを滑らかにさせた。

彼が何度となく小夜子に唇を重ねて舌をからめ、生温かな唾液をすすりながら二人分の息の匂いに高まっていった。

「アア、いきそう……！」

小夜子が熱く喘ぎ、二人分の重みをものともせずガクガクと腰を跳ね上げはじめた。

たちまち並男も昇り詰め、三度目の絶頂を迎えてしまった。

「い、いく……！」

三度目とも思えない大きな快感に貫かれて口走り、ありったけの熱いザーメンをドクンドクンと勢いよく注入すると、

「あ、熱いわ……、アアーッ……！」

小夜子も喘ぎ、狂おしい痙攣を開始して激しいオルガスムスに達してしまったようだ。

内部がきつく締まり、あまりの収縮で押し出されそうになるのを堪え、グッと押し付けながら彼は快感を噛み締め、心置きなく最後の一滴まで出し尽くしていった。満足しながら徐々に動きを弱めていくと、背後から亜利沙が身を離して横になり、

「ああ……、すごかったわ……」

小夜子も力を抜き、か細く声を洩らして身を投げ出していった。

膣内の収縮も続き、ヌメリと締め付けですぐにもヌルッとペニスが抜け落ちてしまった。

並男は小夜子の上から離れ、二人の間に仰向けになった。

すると小夜子はまだ興奮覚めやらぬように身を起こし、彼に唇を重ねてきた。

彼が舌をからめていると、亜利沙も同じようにして割り込み、舌を潜り込ませてきたのだ。

並男は二人と舌をからめ、混じり合った唾液をすすった。

二人も心が通じ合うように、トロトロと多めに唾液を注いでくれ、彼は心地よく喉を潤した。

そして彼は二人分のかぐわしい吐息を胸いっぱいに嗅ぎながら、うっとりと快感の余韻に浸り込んだのだった。

ようやく小夜子も余韻から覚めたように口を離し、仰向けになって荒い息遣いを繰り返した。

「これで、巫女も処女も、間もなく大学も卒業だわ……」

小夜子が言う。どうやら律儀に処女を保って巫女を務め、卒業後は社務所で働くらしい。

やがて彼女がティッシュで自ら割れ目を処理すると、亜利沙が身を起こして愛液とザーメンにまみれたペニスにしゃぶり付いてくれた。

「あう……、また勃っちゃうよ……」

並男は刺激に腰をくねらせて呻いた。何しろ亜利沙の唾液を吸収すると、限りない力が湧いてきてしまうのである。

それにしても、もう今日は充分であった。

やがて亜利沙も舌で綺麗にしてくれただけで口を離し、しばらくは三人川の字で横になったまま呼吸を整えた。

「今日は亜利沙がいてくれて心強かったわ。思っていた通りの、理想的な初体験だったわ」

小夜子が言う。

「ええ、でも今度は二人で会っても構わないわ」

亜利沙が気前よく言う。

何でも出来る亜利沙は、一切の執着も嫉妬も湧かないのである。自分から何かに野心を燃やすことはないが人を助けるのだから、ある意味で、これが本当の天使なのかも知れない。

「ええ、お願いするわ。並男さんが嫌でないのなら」

小夜子は言うが、並男が嫌であるはずもなく、あとでＬＩＮＥを交換しようと思った。

やがて三人は、またバスルームへ移動して体を洗い流したが、今度は素直に身繕いをした。

もうすっかり昼を回っている。三人は外へ出て、どこかで昼食することにしたのだった。

第六章　欲望は枯れず

1

「一緒に出ましょう。平井さんが辞めたので、私がこのクリニックの担当になったのよ」

昼過ぎ、並男が見舞いを終えてクリニックを出ると、医療センターの牧田春美が追ってきて言った。

竜介は小康状態で、全く変わりはなかった。

そういえば竜介が、並男の元同僚である、この春美ともセックスしたと言っていたことを思い出した。

「そう。新しい名刺が出来たので」

歩きながら、彼は竜介に言われて作ったばかりの名刺を春美に渡した。

「天竜舎の代表取締役？　天城並男って……」

「うん、養子に入ったので」

「まあ、あの大富豪といわれる天城竜介の養子に……？」

春美も竜介のことは知っているようだ。

「そうなんだ。医療センターのおかげで縁があってね」

彼が言うと春美は、上手くやったわね、とでも言いたげな表情をした。

「それより時間あるかしら。またあそこへ入りたいの」

春美が言い、あそこってどこだと思いながら一緒に歩いて行くと、彼女は駅裏のラブホテルに向かった。

並男も激しく勃起しながら一緒に入り、手早く春美がパネルで部屋を選んだので彼が支払いをした。

やがて密室に入ると、すぐにも春美が服を脱ぎはじめた。

並男にとっては、初めてのラブホテルである。

「シャワーは浴びなくていいのよね」

「うん、もちろん」

彼も脱ぎながら答えると、たちまち全裸になった春美がベッドの布団をめくって照明をやや暗くした。

並男も全て脱いでベッドに上がると、春美が仰向けになって身を投げ出した。

前回が良かったのか、どうにでも好きにしてといった感じである。

「アア……、今日も午前中ずいぶん歩き回ったから恥ずかしいわ……」

春美が息を弾ませて言い、並男はまず彼女の足裏に屈み込んだ。

「あう、だからといって一番恥ずかしいところから……」

彼女は声を震わせたが、もちろん拒みはしない。

並男は足裏に舌を這わせ、指の間に鼻を押し付けて嗅いだ。

指の股は生ぬるい汗と脂に湿り、実に濃厚に蒸れた匂いを沁み付かせていた。

「いい匂い」

並男は、かつて妄想オナニーでお世話になっていた同い年の、春美の足の匂いを味わい、うっとりと酔いしれて言った。

彼女は羞恥にヒクヒクと脚を震わせながらも、されるままになっている。

両足とも充分に嗅いでから爪先にしゃぶり付き、順々に指の間にヌルッと舌を

割り込ませて味わうと、

「あぁッ……！」

春美が熱く喘ぎ、キュッと指先を縮めた。

並男は全てしゃぶり尽くすと、彼女を大股開きにさせて健康的な脚の内側を舐め上げて股間に迫っていった。

内腿はムッチリと張り詰め、割れ目からは熱気と湿り気が漂い、顔中を包み込んできた。

彼は指で陰唇を広げ、元同僚の柔肉と膣口に目を凝らした。

「ああ、そんなに見ないで、初めてじゃないのに……」

彼の熱い視線と息を股間に感じ、春美がクネクネと腰をよじって喘いだ。

並男も堪らずに顔を埋め込み、柔らかな茂みに籠もって蒸れた汗とオシッコの匂いを貪り、柔肉に舌を這わせていった。

濡れはじめている膣口の襞をクチュクチュ掻き回し、淡い酸味のヌメリを味わいながら大きめのクリトリスまで舐め上げていくと、

「アアッ……、いい気持ち……！」

春美がビクッと反応して喘ぎ、内腿できつく彼の顔を挟み付けてきた。

並男は腰を抱えながらチロチロとクリトリスを舌先で弾き、悩ましい匂いに酔いしれながら溢れる愛液をすすった。

さらに彼女の両脚を浮かせ、白く丸い尻の谷間に迫り、ピンク色の蕾に鼻を埋め込んで嗅いだ。

蒸れた汗の匂いに、秘めやかな微香が混じっているので、あるいは外回りの途中シャワートイレのない場所で用を足したか、あるいは途中で気体ぐらい漏れたのかも知れない。

彼は双丘に顔中を密着させて匂いを堪能してから、舌を這わせて細かな襞を濡らし、ヌルッと潜り込ませて滑らかな粘膜を探った。

「あう……」

春美が呻き、キュッと肛門で舌先を締め付けた。

彼は舌を蠢かせ、淡く甘苦い粘膜を舐め回してから舌を離し、脚を下ろして再び濡れた割れ目に戻っていった。

溢れるヌメリをすすってクリトリスに吸い付くと、

「ああ、もうダメ……」

すっかり急激に絶頂を迫らせた春美が言って起き上がり、彼の顔を股間から追い出した。

並男も離れて仰向けになると、すぐにも春美が彼の股間に顔を寄せ、張り詰めた亀頭にしゃぶり付いてきた。

「ああ……」

並男も受け身に転じ、春美の舌の蠢きに身を委ねた。

彼女は幹を支えて念入りに尿道口をチロチロと舐め、亀頭にも舌を這わせてからスッポリと呑み込んでいった。

生温かく濡れた口に深々と含み、春美は熱い鼻息で恥毛をくすぐり、幹を丸く締め付けて吸い、クチュクチュと舌をからめてきた。

さらに顔を上下させスポスポと強烈な摩擦を開始すると、

「き、気持ちいい、いきそう……」

並男は急激に高まって口走った。

美しい同僚に、こんな行為をされたいと願い、今まで何度オナニーしたことだろうか。その頃の願望も甦って快感が増した。

すると春美がスポンと口を離し、身を起こして前進してきた。すっかり心得ているので、前回も女上位だったらしい。

並男の股間に跨がると、春美は幹に指を添えて先端に割れ目を押し当て、ゆっくりと腰を沈めて膣口に受け入れていった。

「アアッ……！」

ヌルヌルッと滑らかに根元まで嵌め込むと、春美が股間を密着させ、顔を仰け反らせて喘いだ。

並男も肉襞の摩擦と温もり、締め付けと潤いに包まれて快感を嚙み締め、股間に重みを受けながら両手で抱き寄せた。

春美も身を重ね、彼は顔を上げて潜り込むようにしながら乳首に吸い付き、顔中で柔らかな膨らみを感じながら舌で転がした。

「嚙んで……」

春美は強い刺激を好むように言い、彼も前歯でコリコリと乳首を刺激してやった。すると膣内の収縮が増し、溢れた愛液が彼の肛門の方にまで生温かく伝い流れてきた。

「ああ、いい気持ち、もっと強く……」

彼女がせがむので並男は左右の乳首を交互に含んで舐め回し、歯の刺激も続けてやった。そして腋の下にも鼻を埋め込み、濃厚に甘ったるい汗の匂いに噎せ返りながら、徐々に彼はズンズンと股間を突き上げはじめていった。

「あう……、いいわ……」

春美が呻き、自分も突き上げに合わせて腰を遣い、溢れる愛液に動きが滑らかになった。律動とともに、ピチャクチャと淫らに湿った摩擦音も聞こえ、次第に二人の動きが一致していった。

上から春美がピッタリと唇を重ね、熱い息で彼の鼻腔を湿らせながら舌をからめてきた。

並男もチロチロと美女の舌を舐め回し、滑らかな感触と生温かな唾液のヌメリを味わいながら動き続けた。

「い、いきそうよ……」

春美が唾液の糸を引いて口を離し、熱く喘ぎながら収縮を活発にさせた。

美女の吐息は甘い花粉臭に、ほのかなオニオン臭が混じり悩ましく鼻腔を刺激してきた。

「唾を垂らして……」

彼も高まりながら言うと、春美は懸命に唾液を分泌させて形良い唇をすぼめ、迫りながらトロトロと吐き出してくれた。

舌に受けて味わい、うっとりと喉を潤すと、さらに彼は春美の口に鼻を押し込み、濃厚な吐息を嗅いで酔いしれた。

「い、いく……」

摩擦快感と匂いに、たちまち並男は昇り詰めて口走った。

同時に熱い大量のザーメンがドクンドクンと勢いよくほとばしると、

「き、気持ちいいわ……、アアーッ……！」

噴出を感じた春美もオルガスムスのスイッチが入り、声を上ずらせながらガクガクと狂おしい痙攣を開始した。

並男も収縮と締め付けの中で揉みくちゃにされながら快感を嚙み締め、心置きなく最後の一滴まで出し尽くしていった。

すっかり満足しながら突き上げを弱めていくと、

「アア……、良かった……」

春美も声を洩らし、肌の硬直を解きながらグッタリと遠慮なく体重を預けてきた。まだ膣内の締め付けがキュッキュッと続き、刺激されたペニスがヒクヒクと過敏に震えた。

そして彼は美女の重みと温もりを感じ、悩ましく濃厚な吐息を嗅ぎながら、うっとりと快感の余韻を味わった。

やがて呼吸を整えると、春美がそろそろと股間を離し、身を起こしてベッドを降りた。

並男も起きて一緒にバスルームへ行こうとすると、春美のスマホが鳴り、彼女はすぐに出た。

「わあ、残念、すぐ社に戻らないとならないわ……」

「そう、じゃ仕方ないね」

せっかくラブホテルに来たというのに、バスルームでのオシッコプレイは次の機会だ。だから二人は軽くシャワーを浴びただけで身体を拭き、身繕いをしたのだった。

服を着た春美は手早く髪と化粧を直し、やがて二人で外に出た。

「ごめんなさいね。今度またＬＩＮＥするので」

「うん、じゃ頑張って」

並男は言い、やがて駅前で春美と別れたのだった。

2

「ここは誰も来ないから安心して下さいね」

小夜子が言い、招かれた並男は夥しい蔵書の並んだ彼女の私室を見回した。

内容は神秘学が主で、彼女は亜利沙が入学したときから、ずっとその神々しい神秘性に惹かれてきたらしい。

ここは神社で、本殿と社務所、母屋がある。小夜子の部屋は独立した和風の離れで、以前は曾祖父の隠居所だったようだ。

大広間が書斎となり、あとは寝室にキッチンとバストイレがあるらしい。

「処女を捧げた相手でも、二人きりとなるとドキドキしますね」

小夜子が、ほんのり頬を紅潮させて言う。前と同じポニーテールに、女子大生らしい清楚な洋服である。

やはり三人での戯れと違い、二人きりは緊張も格別なようだ。

まして今日は、年下だが頼りになる亜利沙もいないのである。

しかし並男の方は期待と興奮で、もう痛いほど股間がピンピンに突っ張ってしまっていた。

三人でのプレイは夢のように楽しく心地よかったが、あれは一生に一度のお祭りのようなもので、やはり秘め事というのは一対一の密室に限ると並男は実感したのだった。

「亜利沙とは、今までにも女同士の関係が?」

「いいえ、キスだけです。互いに裸になって何かしたことはなく、この間が初めてです」

訊くと、小夜子が正直に答えた。

「キスは、ベロもからめて?」

「はい、亜利沙の唾液を舐めると、何か不思議な力が湧くような気がして。あの子も嫌がらず、何でも言いなりになってくれるので」

「そう」

「その亜利沙が婚約したというので気になって、出来れば亜利沙も一緒のところで同じ人と初体験したいというと、すぐにも承諾してくれました」

小夜子が、3Pを思い出したようにモジモジと言う。

以前から初体験には、そうした願望があったようだ。また卒業間近で巫女も引退したので、時期のタイミングも良かったのだろう。

「じゃ、今日してもいい？」

並男は待ちきれない思いで言った。もちろんＬＩＮＥで呼ばれたときから、シャワーと歯磨きはすませている。

「はい、お願いします。ではあっちの寝室で、脱いで待っていて下さい。すぐ行きますから」

「あ、シャワーは浴びないでね」

「分かってます」

小夜子が答えたので並男は寝室に移動し、襖を閉めた。

八畳の和室に布団が敷かれ、古びたタンスや鏡台に衣紋掛けなどがあるが、部屋に籠もる匂いは現代の女子大生の甘い体臭だった。

廊下に通じる障子越しに、午後の陽が淡く射し込み、女子大生が寝起きしているにしては落ち着いた部屋だった。

とにかく彼は勃起しながら服を脱ぎ、全裸になって横たわった。

枕には、やはり小夜子の匂いが濃く沁み付き、刺激が鼻腔から股間に伝わってきた。

何しろ小夜子は並男にとって唯一、竜介とは関係のない女性なのである。

待っていると、やがて静かに襖が開いて小夜子が入ってきた。

「あ……」

何と彼女は、巫女姿に着替えてきたのだ。

純白の着物に鮮やかな朱色の袴、ポニーテールを下ろすと長い黒髪だ。薄化粧に淡い口紅。前に亜利沙が着ていたのと同じ衣装である。

しかし亜利沙は神秘の儀式の時しか着ないが、小夜子は年中この衣装で働いていただけあり、実に形も決まっていた。

「これを着てするのも願いの一つでした。もう着ないので汚しても構いません」

「そんな罰当たりなことはしないよ。大事に扱うからね」

「どうすれば良いか言って下さい」

「じゃ仰向けに」

身を起こした並男が言って場所を空けると、小夜子は優雅な仕草で仰向けになった。

彼は横たわる巫女を見下ろしてから、胸元を寛げるようにすると、すぐ小夜子が自分で開いてくれた。どうやら肌を露出しやすいよう、きつく締め付けておらず、襦袢も中の帯も足袋も着けていないようだった。

並男は、胸元からはみ出した白い乳房に屈み込み、薄桃色の乳首にチュッと吸い付いて舌で転がした。全裸でなく、巫女の衣装からはみ出すオッパイが何とも興奮をそそった。

「アア……」

すぐにも小夜子が熱く喘ぎ、クネクネと身悶えはじめた。衣装の隙間から、彼女本来の甘ったるい汗の匂いも揺らめいてきた。

両の乳首を含んで舐め回し、顔中で膨らみを味わってから、彼はいったん身を起こして小夜子の足裏に移動した。

素足の裏に舌を這わせ、形良い指の間に鼻を押し付けて嗅ぐと、やはり期待と緊張に汗ばんでいるのか、そこはジットリと湿り、蒸れた匂いが濃厚に沁み付いていた。

充分に嗅いでから爪先をしゃぶり、両足とも全ての指の股に舌を割り込ませて味わうと、彼は脚の内側を舐め上げていった。すると小夜子も袴と着物の裾をめくり、太腿まで丸見えにさせてくれた。

やはり、この衣装で淫らなことをするという禁断の興奮を得ているのだろう。

白く滑らかな内腿に顔を押し付けると、ムッチリした弾力が心地よく伝わってきた。

舌を這わせて股間に迫ると、すでにはみ出した陰唇はヌラヌラと潤い、彼は堪らず恥毛の丘に鼻を埋め込んでいった。

柔らかな茂みの隅々に籠もる、汗とオシッコの蒸れた匂いを貪り、舌を挿し入れると淡い酸味のヌメリで、すぐにも動きが滑らかになった。

処女を失ったばかりの膣口を舐め回し、ヌメリを掬い取りながらクリトリスまで舐め上げていくと、

「アアッ……、いい気持ち……」

小夜子が顔を仰け反らせて喘ぎ、内腿でキュッと彼の顔を締め付けてきた。

並男は股間の味と匂いを貪ってから、彼女の両脚を浮かせ、白く形良い尻の谷間に鼻を埋め込んだ。

蕾に籠もる蒸れた匂いを嗅ぎ、舌を這わせてヌルッと潜り込ませると、

「あう……」

小夜子が呻き、肛門でキュッと舌先を締め付けた。

彼は内部で舌を蠢かせ、滑らかな粘膜を探ってから、脚を下ろして再び割れ目

に舌を這わせていった。

「ま、待って……、私にも……」

絶頂を迫らせた彼女が言い、腰を抱える並男の手を握って引き寄せた。

並男も身を起こして前進し、引っ張られるまま彼女の胸に跨がり、前に手を突いて勃起した先端を鼻先に突き付けていったのだった。

3

「いけない人だわ。亜利沙がいるのにこんなに硬くなって……」

小夜子が熱い視線を注いで囁き、舌を伸ばして粘液の滲む尿道口をチロチロと舐め回してくれた。そして亀頭にしゃぶり付いたので、並男も深々と押し込んで美女の温かく濡れた口腔を味わった。

「ンン……」

小夜子が上気した顔で熱く呻き、幹を締め付けて吸いながらクチュクチュと舌をからめてくれた。

「ああ、気持ちいい……」

彼も快感に喘ぎ、唾液にまみれた肉棒を美女の口の中でヒクヒクと震わせた。

小夜子も真下から熱い息を籠もらせながら念入りに舐め回し、たっぷりと唾液に濡らしてから口を離した。

「い、入れて下さい……」

小夜子が仰向けのまま言う。どうやら正常位が望みらしい。

しかも枕の下から何か取り出し、彼に手渡してきたのだ。

「入れる前に、これをお尻の穴に入れて下さい」

彼女の言葉に驚いて見ると、それは電池ボックスにコードで繋がったピンクローターではないか。

どうやらこれは、小夜子のオナニーグッズのようだ。

並男も好奇心を抱き、彼女の股間に戻った。すると小夜子は大胆に、自ら両脚を浮かせて抱え、尻を突き出してきたのである。

彼は舌を這わせてもう一度肛門をヌメらせてから、楕円形のローターの先端を押し当て、親指の腹でゆっくり押し込んでいった。

「く……、奥まで……」

小夜子が息を詰めて言いながらも、懸命に括約筋を緩めるよう努めた。

肛門の襞がピンと張り詰め、丸く開いた中に見る見るローターが潜り込んで見えなくなり、あとはコードが伸びているだけとなった。

並男が電池ボックスのスイッチを入れると、内部からブーンと低い振動音が聞こえ、

「アア……、お願い、入れて……」

小夜子が喘ぎ、新たな蜜を漏らしながら割れ目を息づかせた。

並男も興奮を高めて身を起こし、股間を進めた。幹に指を添え、先端を濡れた割れ目に擦り付け、ゆっくりと膣口に潜り込ませていった。

たちまち彼自身は、きつい締め付けの中ヌルヌルッと根元まで吸い込まれ、

「あう、いい……」

小夜子も呻きながら収縮を繰り返し、求めるように両手を伸ばした。

並男も股間を密着させながら、足を伸ばして身を重ねていった。

処女を失ったばかりの上、肛門内部にローターが入っているため、さらに膣の締め付けが増していた。そしてローターの振動が、間の肉を通してペニスの裏側にも妖しく伝わってきた。

何という快感であろう。

並男も夢中になってのしかかり、きつい膣内で徐々に腰を突き動かしはじめていった。

溢れる愛液ですぐにも律動が滑らかになり、振動音に混じりクチュクチュと淫らな摩擦音も聞こえてきた。

彼は動きながら、上から唇を重ね、舌をからめて生温かな唾液のヌメリを味わった。

「口紅が溶けます……」

小夜子が囁いてチロリと舌を伸ばしてきたので、彼は舐め回し、湿り気あるシナモン臭の熱い喘ぎを嗅いで高まった。

次第に股間をぶつけるように激しく動くと、もう快感に堪らず並男は昇り詰めてしまった。

「く……！」

呻きながら快感を噛み締め、熱いザーメンをドクンドクンと注入すると、

「い、いく……、アアーッ……！」

噴出を感じた小夜子も声を上げ、ガクガクと狂おしいオルガスムスの痙攣を開始したのだった。締まりが増し、彼も駄目押しの快感の中で動き続け、最後の一

滴まで出し尽くしていった。

すっかり満足しながら動きを止めてのしかかっても、ローターの振動がずっと続いて、刺激に幹がヒクヒクと内部で上下した。

「アア……」

小夜子も強ばりを解いてグッタリとしながら喘ぎ、彼は艶めかしい吐息を嗅ぎながら、うっとりと快感の余韻を嚙み締めたのだった。

あまりに振動がうるさく感じられたので、並男は身を起こしてヌルッとペニスを引き抜き、スイッチを切った。そしてコードを握り、ちぎれないよう気をつけながらゆっくりと引き抜いていった。

「あう……」

肛門が丸く広がり、小夜子は排泄に似た感覚に呻いた。

みるみるローターが顔を覗かせ、やがて肛門が最大限に広がるとツルッと抜け落ちた。

一瞬開いて粘膜を覗かせた肛門も、またたく間に閉じられて元の可憐な蕾へと戻った。ローターに汚れの付着はないが、嗅ぐと悩ましい微香が感じられた。

彼はティッシュにローターを包んで置き、ザーメンの逆流する割れ目も拭ってやった。

そういえば、初回のときも小夜子は出血しなかったので、やはり二十二歳ともなり、オナニーもしているから快感の方が大きかったようだ。

「お、起こして下さい。お風呂場へ……」

荒い呼吸を整えていた小夜子が、袴の前紐を解きながら言い、彼も支えて起こしてやった。

そして一緒に立ち上がると、そのまま彼女は巫女の衣装を脱ぎ去り、二人でバスルームへと移動していった。

バスルームは近代的に改築され、二人はシャワーの湯で全身を洗い流した。

「ああ、すごかったので、まだ力が入りません……」

「でもオシッコは出るでしょう?」

並男は床に座って彼女を立たせ、片方の足を浮かせてバスタブのふちに乗せさせた。

彼が開いた割れ目に鼻と口を埋めると、すぐ心得たように小夜子も尿意を高めはじめてくれた。舐めていると、奥の柔肉が迫り出し、味わいと温もりが変化してきた。

「あう、出ます……」

言うなり、チョロチョロと熱い流れがほとばしってきた。

並男は口に受けて味わい、喉を潤した。

「アア……、いっぱい出て恥ずかしい……」

小夜子がガクガクと膝を震わせて言う。やはり亜利沙と一緒のときより羞恥は大きいようだった。

言うだけあって放尿はゆるゆると長く続き、全ては飲みきれないので彼は肌に受けて温もりと匂いを味わった。

ようやく流れが治まると、彼は残り香の中で余りの雫をすすったが、小夜子は力尽きて足を下ろすとクタクタと座り込んでしまった。

そして、もう一度シャワーを浴びて身体を拭き、全裸のまま布団に戻った。

もちろん並男はピンピンに回復し、もう一回射精しないと治まらなかった。

添い寝した小夜子の手を握って導くと、彼女もやんわり握ってくれたが、

「もう入れるのは充分、お口でもいいですか」

まだ力が入らないように言った。

「うん、じゃいきそうになるまで指でして」

彼は言ってニギニギと愛撫されながら、小夜子の開いた口に鼻を潜り込ませ、かぐわしいシナモン臭の息で胸を満たしながら高まっていった。

小夜子もリズミカルに揉んでくれながら惜しみなく熱い息を吐きかけ、鼻の頭を舐め回してくれた。

「い、いきそう……」

絶頂を迫らせて言うと、小夜子もすぐに移動して先端を舐め、スッポリと呑み込んでくれた。ズンズンと股間を突き上げると、

「ンン……」

彼女も熱い息を股間に籠もらせて呻きながら、顔を上下させてスポスポと強烈な摩擦を繰り返してくれた。

「い、いく……、気持ちいい……！」

たちまち並男は昇り詰めて口走り、ありったけの熱いザーメンをドクンドクンと勢いよくほとばしらせ、美女の喉の奥を直撃した。

小夜子も噴出を受け止めながら摩擦と吸引、舌の蠢きを続行し、最後の一滴まで吸い出してくれた。

もう出なくなると動きを止め、亀頭を含んだままゴクリと飲み込み、口を離し

て丁寧に尿道口を舐め回した。

「あうう、もういい、有難う……」

並男は満足しながら呻き、過敏に幹をヒクつかせた。

小夜子も再び添い寝して、呼吸が整うまで胸に抱いてくれた。

彼はうっとりと余韻を味わい、美女の匂いと温もりに包まれながら、このまま眠ってしまいたいような安らぎを覚えたのだった。

4

「そうか、入籍してきたか。これで安心だ。亜利沙も、正式にわしの娘になったのだな」

竜介が報告を受け、嬉しげに並男に言い、孫にも等しい亜利沙を見つめた。

今日の午後、並男は亜利沙と二人で役所へ行って婚姻届を出したのである。

顔色も良く、竜介は小康状態を保っているが、もう入れ替わりたいという願いは封印しているようだった。

やがて夕刻、並男は由利香と一緒にクリニックを出た。毎晩の付き添いが大変だからと、今夜は亜利沙が代わりに病室に泊まるらしい。

帰りに、並男と由利香がレストランで夕食を囲んだ。

「どうか今後とも、よろしくお願いします」

彼は美しい義母に頭を下げて言った。

今夜、由利香と二人きりと思うと、激しい期待にすぐにも勢いよく勃起しそうだった。

何しろ知っている女性の中では由利香が四十歳を目前にした最年長で、彼より一回り以上も上の美熟女なのである。

「ええ、こちらこそ」

彼女も笑みを浮かべて答え、やがてグラスビールからワインに切り替えて料理をつまんだ。

「二十年前のこと、伺ってもいいですか？」

「ええ、短大時代の夏、あの頃は郊外のハイツに住んでいたのだけど、帰り道で暗くなった空き地に光が降りてきて、私は声も出せずに立ちすくんだの」

訊くと由利香が食事しながら話しはじめ、並男は情景を思い浮かべた。

やがて彼女は光の中に吸い込まれ、眩しくて顔も良く見えない相手にセックスさせられたという。

服がどうなっていたのか、破瓜の痛みがあったのか、細かな記憶は一切なく、とにかく生まれて初めての大きな快感に包まれていたらしい。

気がつくと光は消え失せ、服のまま空き地に座り込んでいたようだ。

そして由利香は自分が孕んだことを意識し、以後は親にも言わず短大を中退して、生むことに専念したということだ。

ただ不思議に幸運が巡り、パートの仕事が上手くいったり、仕事でデザインしたものが賞を受けたりして、食うには困らなかったらしい。

そして亜利沙を産み、他の男には目もくれず子育てに集中。竜介と出会ってからは屋敷に住まわせてもらい、成長するにつれ亜利沙の超常能力にも気づいたが本人も悪用するような心配がないため好きにさせてきたようだ。

「ただテストがいつも満点では怪しまれるので、二、三割はわざと間違えるように言ったわ。運動能力も人間離れしているので体育はセーブさせて、運動部には入らないようにさせたの」

「なるほど……」

「やがて亜利沙も、能力は人のために使うと意識するようになって、先生と性格が似て、跡継ぎに相応しい人として彼女があなたを選んだのよ」

由利香が言う。

しかし亜利沙の能力を持ってしても、竜介は全快しないのだから、人の寿命ばかりはどうにもならないようだ。

「そうでしたか。でも、二十歳になったら宇宙から迎えに来るとか」

並男は心配になり、かぐや姫を思い出しながら言った。

「そんなことは私の意識の中に何も植え付けられていないわ。ただ亜利沙の能力が世の中の何かを変えたり、あるいは子孫を観察に来るとか、何かあるかもしれないけど自然のままにすることにしているの」

由利香は、元々細かな心配などしないタイプらしく、おっとりとあるがままで良いと思っているのだろう。

ならばと、並男も気にするのは止め、神秘の力を持つ亜利沙を大切にしようと思ったのだった。

やがて食事を終えると、二人は屋敷へと戻った。

並男は期待と興奮に胸を弾ませながら入浴し、歯磨きと放尿もすませてバスルームを出た。

「二階へ来て」

すると由利香が言い、彼もパジャマ姿で二階の彼女の部屋に入った。

ベッドとクローゼット、化粧台があるだけのシンプルな部屋だ。

もちろん由利香も、彼が欲情していることを察しているのだろう。

彼女はすでに、竜介の魂の宿った並男の肉体を知っているのだ。しかし並男にしてみれば、初めて触れる感覚だから否応なく期待が高まった。

「脱いで」

由利香が言い、自分は彼と竜介の性癖が似ていることも察して、シャワーも浴びず脱ぎはじめてくれた。

並男も気が急くように手早くパジャマを脱ぎ去り、全裸になってベッドに横になった。

由利香は長く病室にいたので、枕カバーも洗濯ずみで何も匂わなかったが、何しろ生身があるので彼は激しく勃起した。

彼女も甘い匂いを揺らめかせながら、白い熟れ肌を露わにしてゆき、やがて一糸まとわぬ姿になって添い寝してきた。

「ああ、嬉しい……」

並男は感激に包まれながら言い、甘えるように義母に腕枕してもらい、生ぬるく湿った腋の下に鼻を埋め込んだ。

スベスベの腋には甘ったるい汗の匂いが濃厚に籠もり、悩ましく鼻腔を刺激してきた。

嗅ぎながら見ると、他の誰より豊かな膨らみが息づいている。

充分に腋の匂いに酔いしれてから、彼はそろそろと移動してチュッと乳首に吸い付き、顔中を柔らかな膨らみに押し付けて感触を味わった。

「ああ……」

由利香が熱く喘ぎ、仰向けの受け身体勢になったので彼ものしかかり、左右の乳首を交互に含んで舐め回した。

そして滑らかな肌を舐め降り、形良い臍を探り、張り詰めた下腹に顔を押し付けて弾力を味わうと、豊満な腰のラインから脚を舐め降りていった。

どこもスベスベで、彼は丸い膝小僧から脛を舐め、足首まで下りて足裏に回り込んだ。

踵から土踏まずを舐め、形良く揃った指の間に鼻を割り込ませて嗅ぐと、汗と脂の湿り気とともにムレムレの匂いが濃く沁み付き、彼は嬉々として貪った。

爪先をしゃぶって綺麗な爪を舐め、全ての指の股に舌を挿し入れて味わうと、

「アア……、いい気持ち……」

由利香が喘ぎ、ヒクヒクと脚を震わせた。

並男は彼女の両足とも、味と匂いが薄れるまでしゃぶり尽くし、股を開かせて脚の内側を舐め上げていった。

白くムッチリした内腿をたどって股間に迫ると、熱気と湿り気が籠もって顔中を包み込んできた。

見ると、ふっくらした丘に程よい範囲で恥毛が茂り、肉づきが良く丸みを帯びた割れ目からはピンクの花びらがはみ出していた。

指を当てて陰唇を左右に広げると、柔肉全体はヌラヌラと愛液に潤い、かつて亜利沙が産まれ出てきた膣口が襞を入り組ませて息づいている。

ポツンとした小さな尿道口もはっきり見え、包皮の下からは真珠色の光沢を放つクリトリスがツンと突き立っていた。

もう堪らず、彼は吸い寄せられるように顔を埋め込み、柔らかな茂みに鼻を擦りつけて嗅いだ。隅々には、生ぬるく蒸れた汗とオシッコの匂いが籠もり、悩ましく鼻腔を刺激した。

貪るように熟れた匂いを嗅ぎながら舌を挿し入れると、淡い酸味のヌメリが迎え、彼は膣口の襞をクチュクチュ掻き回し、滑らかな柔肉をたどって味わいながらクリトリスまで舐め上げていった。

「アアッ……！」

由利香が熱く喘ぎ、内腿でキュッときつく彼の両頬を挟み付けてきた。

並男は豊満な腰を抱えてチロチロとクリトリスを舐めては、新たに溢れてくる愛液をすすった。

彼女も白い下腹をヒクヒク波打たせ、少しもじっとしていられないように悶え続けた。

さらに彼女の両脚を浮かせ、豊満な尻の谷間に鼻を埋め込み、顔中に双丘を受け止めて嗅いだ。薄桃色の可憐な蕾には、蒸れた汗の匂いと悩ましい微香が籠もり、彼は充分に鼻腔を満たしてから舌を這わせ、ヌルッと潜り込ませて滑らかな粘膜を味わった。

「あう……」

由利香が呻き、キュッと肛門で舌先を締め付けてきた。

彼は中で舌を蠢かせ、ようやく脚を下ろすと再び割れ目に戻って大洪水のヌメリをすすり、クリトリスに吸い付いた。

「アア、もうダメよ、今度は私が……」

由利香が嫌々をして喘ぎ、とうとう身を起こしてきてしまった。

並男が股間から這い出して仰向けになると、すぐにも彼女が股間に顔を移動させ、熱い視線を快楽の中心部に注いできたのだった。

5

「すごい、こんなに硬く勃ってるわ……」

由利香が嬉しげに呟き、そっと幹を撫でた。

並男はうっとりと受け身になったが、手を離した由利香は彼の両脚を浮かせ、尻の谷間を舐めてくれたのだ。

チロチロと肛門に舌が這い回り、やがてヌルッと潜り込むと、

「く……」

並男は妖しい快感に呻き、モグモグと味わうように美女の舌先を締め付けた。

彼女が内部で舌を蠢かすたび、内側から刺激されたペニスがヒクヒクと上下に

震えた。

ようやく脚が下ろされると由利香は舌を離し、今度は陰嚢にしゃぶり付いてきた。舌で二つの睾丸を転がし、熱い息を股間に籠もらせながら袋全体を唾液にまみれさせた。

そして身を乗り出すと、いよいよ肉棒の裏側を慈しむようにゆっくりと舐め上げ、先端まで来ると粘液の滲んだ尿道口を念入りに舐め回した。

「ああ……」

美味しそうに舐めてくれる濃厚な愛撫に彼は喘ぎ、ヒクヒクと歓喜に幹を震わせた。すると由利香は震える亀頭をパクッとくわえ、吸い付きながらスッポリと喉の奥まで呑み込んでくれた。

温かく濡れた口腔に深々と含み、彼女は幹を締め付けて吸い、熱い鼻息で恥毛をそよがせながら、口の中ではクチュクチュと念入りに舌をからめてきた。

彼がズンズンと股間を突き動かすと、

「ンン……」

喉を突かれて熱く鼻を鳴らした由利香もスポスポと強烈な摩擦を繰り返してくれ、唾液にまみれたペニスはすっかり高まって絶頂を迫らせた。

「い、いきそう……」

口走ると、すぐに彼女もスポンと口を離して身を起こし、前進してペニスに跨がってきた。

唾液にまみれた先端に濡れた割れ目を押し当て、ヌメリを混じらせるように擦ってから位置を定め、ゆっくりと腰を沈み込ませた。

たちまち屹立した彼自身は、ヌルヌルッと肉襞の摩擦を受けながら滑らかに根元まで呑み込まれていった。

「アアッ……！」

完全に座り込んだ由利香が顔を仰け反らせて喘ぎ、密着した股間をグリグリと擦り付けてから、ゆっくり身を重ねてきた。

並男も下から両手を回して抱き留め、両膝を立てて蠢く豊満な尻を支えた。

胸には巨乳が押し付けられて心地よく弾み、すぐに彼女が腰を動かしはじめると、恥毛が擦れ合い、コリコリする恥骨の膨らみも下腹部に痛いほど押し付けられてきた。

並男もしがみつきながら股間を突き上げると、溢れる愛液で動きが滑らかになり、クチュクチュと湿った摩擦音が聞こえてきた。

「アア、いい気持ち……」

由利香が熱く喘ぎ、溢れたヌメリが彼の陰嚢から肛門の方まで生ぬるく濡らしてきた。

唇を求めると、彼女も上からピッタリと重ね合わせ、舌を潜り込ませてきた。

並男は滑らかに蠢く美女の舌を味わい、トロトロと注がれる生温かな唾液でうっとりと喉を潤して酔いしれた。

「ああ、いきそうよ……」

由利香が口を離し、近々と顔を寄せて囁いた。

美熟女の熱く湿り気ある吐息は白粉のような甘い刺激を含み、それにワインの香気や食べたものの様々な匂いが混じり、悩ましく鼻腔を掻き回してきた。

「ああ、いい匂い……、小さくなってお口に入りたい……」

「そう、それで？」

「細かく噛んで飲み込まれたい……」

「食べられたいの」

「うん、おなかの中で溶けて美女の栄養にされたい……」

「ダメよ、そんなこと言ったら。亜利沙に言いなさい。何でも出来るあの子なら本当にしてくれるかも知れないわ」

由利香が腰を動かしながら言い、潤いと収縮を高めていった。

「いきそう。息を嗅ぎながらいきたい……」

すっかり高まった並男が言うと、由利香も口を開き、下の歯並びを彼の鼻の下に引っかけてくれた。口の中の濃厚な匂いに加え、下の歯並びの裏側から淡く上品なプラーク臭も混じって鼻腔を刺激してきた。

「い、いく……」

匂いに包まれ、肉襞の摩擦と締め付けの中で、とうとう彼は口走り、大きな絶頂の快感に全身を貫かれてしまった。同時に、熱い大量のザーメンがドクンドクンと勢いよくほとばしると、

「い、いい気持ち……、アアーッ……！」

噴出に奥深い部分を直撃され、由利香も声を上ずらせてガクガクと狂おしいオルガスムスの痙攣を開始した。膣内の締まりが増し、彼は心ゆくまで快感を噛み締め、最後の一滴まで出し尽くしていった。

すっかり満足しながら徐々に突き上げを弱めていくと、

「ああ……」

由利香も熟れ肌の硬直を解いて声を洩らし、グッタリと遠慮なく体重を掛けてもたれかかってきた。膣内は名残惜しげな収縮が続き、射精直後で過敏になったペニスが刺激され、ヒクヒクと内部で跳ね上がった。

「あう、もうダメ……」

彼女も感じすぎるように言い、幹の震えを押さえつけるようにキュッときつく締め上げてきた。

そして彼は力を抜いて身を投げ出し、美熟女の重みと温もりを受け止め、熱く濃厚な吐息を嗅ぎながら、うっとりと快感の余韻に浸り込んでいった。

何という幸福な心地よさであろうか。天涯孤独だった自分が新妻を持ち、義父と義母が出来たのだ。

重なったまま荒い呼吸を整えると、ようやく由利香がノロノロと身を起こし、股間を引き離した。

並男も起きてベッドを降り、全裸のまま一緒に階下へ降りてバスルームに入った。シャワーを浴びて股間を洗い流すと、もちろん彼は床に座り、目の前に由利香を立たせた。

「出して欲しいの？　本当に、先生と似ているわ。亜利沙が選んだだけのことはある人ね」

言わなくても由利香は察し、自分から足を浮かせて股を開き、息を詰めて尿意を高めはじめてくれた。

彼は匂いの薄れた股間に顔を埋め、舌を挿し入れて柔肉を舐め回した。すぐにも新たな愛液が溢れて動きが滑らかになると、間もなく柔肉が蠢いて熱い流れがほとばしってきた。

「アア……」

漏らしながら由利香が喘ぎ、彼は口に受け止めて味わい、淡い匂いと味を堪能しながら喉に流し込んでいった。

亜利沙が天使なら由利香は女神だ。その出したものを受け入れる悦びが全身に満ち、溢れた分が回復しはじめたペニスを温かく浸した。

間もなく流れが治まると、彼は残り香を貪りながら余りの雫をすすった。

さらに愛液が大洪水になってきたので、もちろん由利香もまだまだ寝るつもりはないのだろう。

やがてもう一度湯を浴びて身体を拭き、また全裸のまま二人で二階へと戻っていった。

添い寝すると、また彼は甘えるように腕枕をせがみ、胸に抱いてもらった。

「ママって言ってごらんなさい」

由利香が、優しく彼の髪を撫でながら言った。

「は、恥ずかしくて言えない……」

「言えるようになって」

「次にいくときなら……」

「まあ、贅沢ね。快感と引き替えでないと言えないなんて」

由利香が甘く濃厚な吐息で囁き、彼は二度目はどんな体位で果てようかと思うのだった……。


——同じその頃、竜介は亜利沙の割れ目を舐め、ペニスをしゃぶってもらいながらムクムクと久々の勃起をしはじめていた。

「い、入れたい……」

「大丈夫？　また発作が起きたら」

彼がせがむと、亜利沙は心配そうに言った。

「ああ、このまま出来ないなら死んだ方がましだ。発作が起きて死ぬなら、それでも良い。もう思い残すことはないからな」

竜介に懇願されると、亜利沙も身を起こして跨がった。

確かに、挿入に支障がないほどペニスは雄々しく突き立っていた。

亜利沙はしゃがみ込んで先端に割れ目を押し付け、様子を見ながら注意深く、ゆっくりと腰を沈み込ませていった。

たちまち老いたペニスはヌルヌルッと滑らかに、美少女の内部に嵌まり込んでいった。

「は、入った……」

竜介は言い、身を重ねた亜利沙にしがみつきながら、懸命にズンズンと股間を突き上げはじめたのだった……。

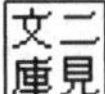

みだら終活日記

2021年 3月 25日　初版発行

著者　睦月影郎

発行所　株式会社 二見書房
東京都千代田区神田三崎町2-18-11
電話 03(3515)2311［営業］
03(3515)2313［編集］
振替 00170-4-2639

印刷　株式会社 堀内印刷所
製本　株式会社 村上製本所

ISBN978-4-576-21029-2
https://www.futami.co.jp/

二見文庫の既刊本

僕が初めてモテた夜

MUTSUKI,Kagero
睦月影郎

大学二年の幹男は、完全無垢の童貞だった。おまけに体重が100キロ！　これではダメだと考えた彼は同級生の香凛に告白。事前に怖い一言を言われたものの不思議な能力を持つ彼女と交わってみると、30キロも減量できたのだ！　結局イメチェンに成功した幹男は鬼に肉棒（?）状態で、どんどん女性にモテて、ものにしていく……。人気作家による官能書下し！